U0655278

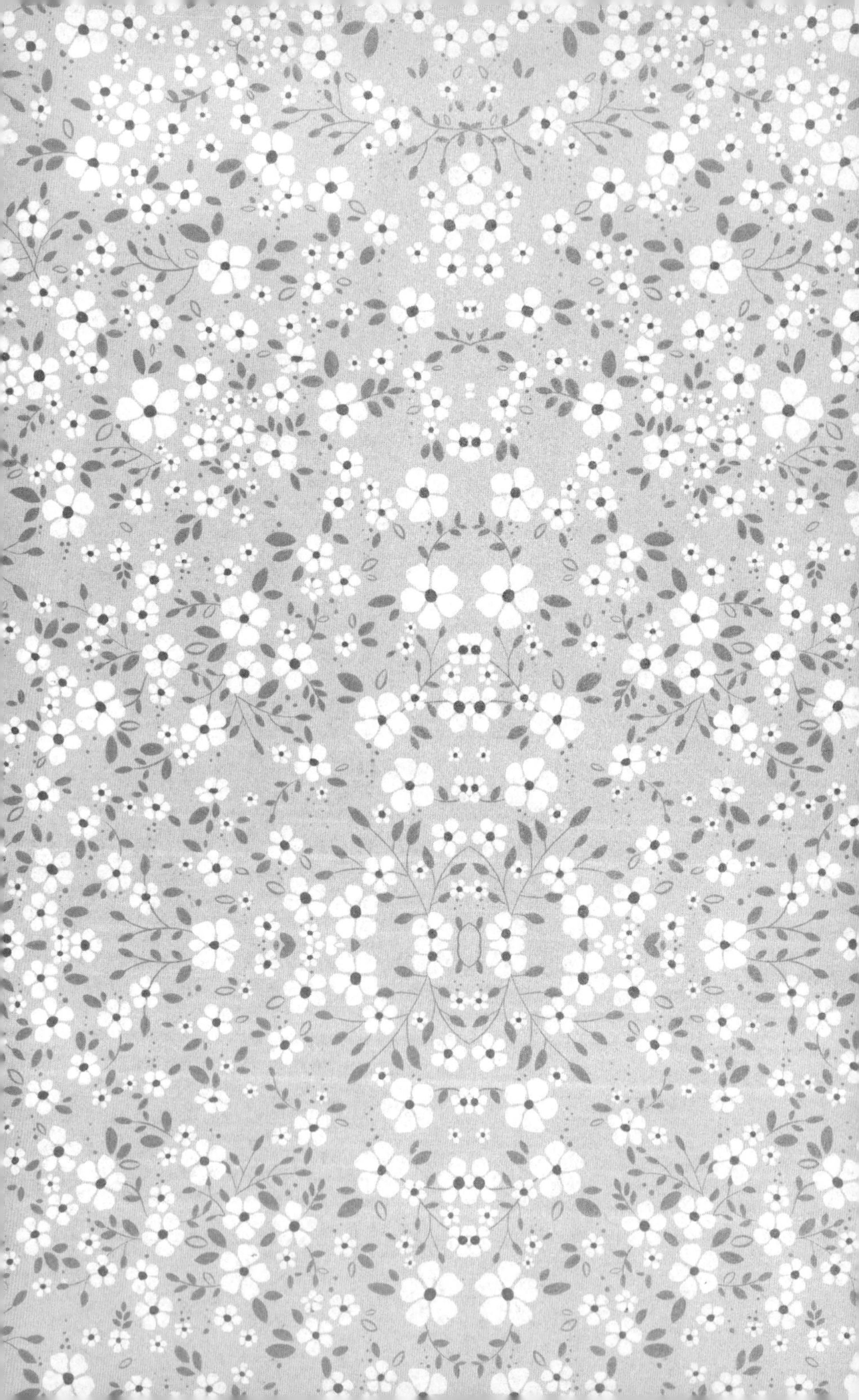

YUSHENG
QINGDUOCHONGAI

余生请多宠爱

W十一
／著

小花阅读【余生多指教】系列01

上海故事会文化传媒有限公司
上 海 文 化 出 版 社

W十一 | 小花阅读签约作者

来自湖南邵阳，射手少女。
喜欢写作、旅游、摄影及品尝美食、看各类影视剧。
愿自己的生活既可以朝九晚五，也能以梦为马、浪迹天涯。

个人作品：《余生请多宠爱》
即将上市：《宠爱捕捉进行时》

ZUOZHE
QIANYAN

作者前言

越努力才会越幸运

彼时，是深夜。

长沙下着很大的雨，窗外滴滴答答的雨声和着我敲击键盘的咚咚咚声一道响在房间里，打破寂静。

彼时，是三月。

距离开始写“余生”那天，已经很遥远了，甚至距离“余生”完稿，也有一段时间了。可那一段时光躺在我的记忆里，只要稍稍一回想，就清晰得仿若上一秒钟发生的事。

去年下半年，学校基本没课，我给自己放了很长的一段假，在外面浪荡。是，老实说，我并没有想那么快就开始工作，选择写故事的工作更是我没想过的。

但，摆在眼前的是，“余生”与你们相见了，顾医生和小壹壹他们的喜怒哀乐，相处相爱的点滴统统毫无隐藏地跃然于你们面前。

写这个故事的三个月，可以用既痛苦又甜蜜来概括。

痛苦的是那时我住得很远，从家到公司，每天坐公交车，需要近一个小时，又是冬天，长沙的冬天真冷啊，寒风呼呼地刮过来，脸上跟被刀子刮了似的。

还有就是卡文，熬夜改文，偷偷地告诉你们，“余生”里的男女主角其实一开始并不是以如今这个样子出现的，故事的线路是完完全全不同的，此时你们看到的是我推翻重写又修改了无数次的。

尽管还不完美，还有诸多瑕疵，但，请相信，我已带着最大的诚意。

至于甜蜜。

甜蜜的是，我终于把“余生”写完。一开始，我想写的是关于暗恋，心上人的故事。十分庆幸的是，这个故事并未偏离它原本的轨迹，顾医生从八年前初见小壹壹就爱上了她。那一本被放在他办公室，抬头可见，触手可及，翻得卷边了的书，怀抱着他对小壹壹最为赤忱真实的爱意。

而心上人，相信每个姑娘大概都曾在心里幻想过自己另一半的样子吧。一千个人眼中有一千个哈姆雷特，一千个人眼中有一千个心上人，而顾医生符合我对完美男神的所有设定。说外貌，唔，太颜控了，反正那一身白大褂就够我这种制服控流鼻血了。说说内在，他出身尊贵却不卑不亢，他优秀强大却沉稳内敛，不浮不躁……

啊，真是好喜欢哪！

你们呢？有没有喜欢他？有没有从书里感觉到满满的爱意？

如果有，我真高兴。

想要感谢。

感谢烟罗姐的没有放弃，感谢胡姐姐一次又一次地对我说：虽然很难，但你要坚持，不要放弃。

是她们成就了现在的我，并赋予我追求以后的权利。

感谢小伙伴们，陪我走过低谷，一路欢欢笑笑。其实我一个人已经独处了很久，忽而置身于热闹，一开始是不习惯的，但，身边的人都很好呢，让我感觉温暖呀，也就开始习惯。

如今，置身于离公司不过五分钟路途的新家，写着这篇前言，写着“余生”的番外，以及开始写新的相爱的故事，感觉真好呀！

是这样的，坚持下来，努力过后，都很美好。

哪，越努力才会越幸运，就会……越幸运。

W十一

001 第一章

在顾家，夫妻之间，没有生离，只有死别。

019 第二章

尽量远离我？那你想接近谁，冠着我妻子的头衔去和别的男人勾搭？

037 第三章

她很肯定，今晚一定不简单。

057 第四章

我什么时候说过不能在外人面前泄露我们的关系？

079 第五章

要死了，她居然和顾延霆接吻了！

099 第六章

昨晚只是怕你把爸妈他们吵醒，宋时壹，我还没那么饥不择食。

117 第七章

不准讨厌我……对不起，让你受委屈了……

137 第八章

这一刻她什么都不想管，只想靠着这一堵宽阔厚实的胸膛，在他怀里躲避风雨。

153 第九章

就算我求求你，小叔叔你帮妈妈动手术吧！

171 第十章

妈她不会舍得扔下你，所以她会平平安安，相信我，壹壹。

185 第十一章

这一生，她宋时壹只能是他顾延霆的，不准逃，不会让她再逃。

205 第十二章

这件事情绝对不会与顾延霆有关，一定是哪里出了差错。

221 第十三章

学长，你能不能让我一个人待一会儿，我想要一个人静一静。

237 第十四章

在她眼里，他是杀人凶手，是杀了她最爱男人的杀人凶手。

251 第十五章

你用前半生爱了我，我便用余生等着你，等着你醒过来，继续宠爱。

265 番外一

因为想你，我不愿继续沉睡。

273 番外二

喜欢到余生非他不可，喜欢到来生还想是他。

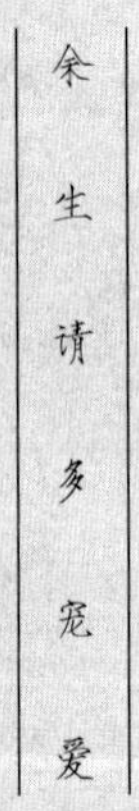
余生请多宠爱

DIYIZHANG

第一章

在顾家，夫妻之间，没有生离，只有死别。

1.

雨后的地面湿漉漉的，一栋雅致别墅外的小道上，娇俏的小女孩紧追前方的少年。

“小叔叔，这个给你吃。”追上了，她便伸出手，要将手中的糖果给他。

“不要。”

“小叔叔，给你，好吃的。”少年拒绝，女孩不放弃，拿着糖果的小手一个劲地往他面前凑。

“说了不要，滚！”

少年皱眉，不耐烦地伸手。

“啊！”

……

随着摔倒的小女孩的一声尖叫，宋时壹一下从床上翻坐起来，呼吸急促。

呆坐了近五分钟，她才反应过来自己是做梦了，梦到九岁那年，她开心地将爱吃的糖果分给新邻居家的小叔叔，却被他推倒，额头磕在地上，鲜血直流。

这么久远的事怎么会忽然变成噩梦缠绕她？

宋时壹按亮灯，目光落到床头柜上摆着的红本本上，大概是因为它，忽然做了这样的与顾延霆有关的噩梦，这本结婚证上，她……和他结婚了！

毫无睡意了，宋时壹轻叹一口气，起身准备去外面倒杯水喝，一个噩梦做下来，口似乎也有点渴。

“咔嚓！”

她身子才挪到床沿，门口就传来一声轻响。紧接着，房门被打开，方才梦境中的少年，哦，不，如今该说男人了，他毫无预兆地走了进来。

四目相对，两人都愣了。

“小……小叔叔……”先反应过来的是宋时壹，可能是因为童年的阴影加之刚刚的噩梦让她下意识地对这人有所畏惧，她立马从床上起来，站得笔直。

“你怎么会在这里？”波澜不惊的声音仿若对待陌生人，但深藏在瞳孔里的那一股幽暗足以将一个人狠狠吞噬。

“啊？夫妻不应该同床吗？”宋时壹慢半拍地回答，说完，又笑着补了一句，“小叔叔，难为你还记得我。”

八年不见，她以为这男人看到自己，第一时间未必能够认出来，不过，又想了想，才说道：“呃，我忘了，结婚证上有我的照片。”

“什么意思？”

“我们不是结婚了嘛！”宋时壹伸手摸到一旁床头柜上摆着的红本本，“喏，我们的结婚证。那个……小叔叔你该不会不知道我们结婚了吧？”

见男人睨着结婚证，眼中有疑惑浮动，又联系起刚刚的一切，宋时壹脑子里猛然蹿出来一个想法。

“你觉得我该知道？”男人语气冰冷。

“咳！”

宋时壹风中凌乱了！

她怎么也想不到这一场婚姻，顾延霆是不知情的，她一直以为他妈是在他的默许之下找的她，可眼下看来，根本是他妈一手操办，他完全被蒙在鼓里，她至少知道结婚对象是他，还被问过意愿。

2.

半个小时之后。

按照顾延霆的要求，宋时壹终于将事情的来龙去脉向他交代清楚。

不过就是前几天，好些年没联系的顾母忽然找到她家，一开口就直奔主题，说想找个知根知底的姑娘做儿媳，问她是否愿意。

起初她当然是不愿意的，甚至刚一听这个消息，她就奓毛了。

但后来，事情出现了逆转。

宋妈十分欣喜地答应了，随后就开始逼着宋时壹嫁，后来因宋时壹激烈反抗而气到住医，随即沉重的打击来了——宋妈竟被检查出患了心脏瓣膜病，且已出现心力衰竭的情况。

各种焦灼下，宋时壹终于动摇了，最后打动她的是，她无意中得知顾延霆是心胸外科的权威医生……

就在那么一瞬间，她便做出嫁的决定，为母亲的病，同时为调查三年前陆随的死。

她听话地任由母亲将户口本给了顾母，没几天多了个红本本回来，随即她也被要求住进了这里。

在解释的过程中，宋时壹刻意隐去了她的许多想法和挣扎，只陈述一般把扯证的经过干巴巴地说了一遍。

随后，她闭上嘴，只静静地盯着顾延霆。他的表情淡漠冷静，似乎故事的男主角并不是他一般。

宋时壹从他的脸上看不出任何的情绪，可是这个高大男人坐在那里，对她而言就是一种无形的巨大压力。

伸头是一刀，缩头也是一刀，还不如痛快一些。宋时壹咬咬牙，努力挺直了背脊："小叔叔，事情就是这么一个情况，那现在是要怎么办？如果你接受不了，要不……我们去离婚？"

刚结婚没两天就离，说出去得是多大的笑话？再说，她需要作为医生的顾延霆的帮忙。可眼下顾延霆这样子，还不如她主动开口提出来，至少自己看上去没那么狼狈……

"你想离婚？"低沉的嗓音响起，似一架音质完美的大提琴的琴音。

"没，我只是想问你的意见……你不是对这一段婚姻完全不知情嘛。如果不能接受，我也是……能理解的。”宋时壹下意识地咽了咽口水。

“顾家有一条祖训，”顾延霆长腿交叠，手肘抵上膝盖，手掌撑起下巴，上半身微微往前倾，深邃的目光锁住宋时壹，“凡顾家子孙，无论因什么理由结婚，最后又因什么理由而导致夫妻不和，婚姻不幸，都不可以离婚。在顾家，夫妻之间，没有生离，只有死别。”

宋时壹：“……”

顾延霆离开已经有一会儿了，宋时壹还陷在他的话里面回不过神。

“没有生离，只有死别”——那意思就是，他们这辈子都不能离婚？

她要的不是这样的结果！她只想治好母亲的病，再借由他医生的身份查一些事情，查完就找个理由分道扬镳，往后井水不犯河水的……

不过……宋时壹落寞地垂下眼，对她来说，拴一辈子也无所谓，反正她的爱情已经死在三年前，余生怎么过、和谁过都没有关系……

浴室里的水声停了，身材高大健壮的男人穿着浴袍走出来，宋时壹如临大敌地从床上站起来。

他回来了，看上去似乎也接受了这桩婚姻，那么……今晚他们要睡在一起？没有爱情的前提下，她根本做不到。

“小叔叔，”宋时壹声音快过思绪，“我们才刚刚结婚，又是这么特殊的情况，我们能不能暂时不同……”

“不同什么？”男人眼风扫过来。

宋时壹闭上眼睛，豁出去了：“不同房！”

对面没有回应，等了一会儿，她睁眼，恰好看到男人往外面走的身影。

“你去哪儿？”宋时壹不解，追上去几步。

“客房。”

“呃，客房被妈妈锁了！”

男人脚步顿住，回转过来，凉凉的目光投向她。

宋时壹顿觉头皮发麻，赶紧道：“小叔叔，你睡床，我……”她随手指了指一旁的沙发，“睡沙发。”

说完，她赶紧往沙发那边走，可是下一秒男人两条大长腿一迈，沉默着一步跨到沙发面前。

见着男人高大的身子窝进了小小的沙发里，宋时壹脸上浮现震惊之色！

……

印象中，大少爷不是这么怜香惜玉有绅士风度的人啊，尤其是对她！当年他可都是能动手推她的……

宋时壹躺在床上，还在翻来覆去地想这个问题。

“不睡？”直到耳中传来男人低沉喑哑的声音。

“睡……睡的。”

他忽然出声，是因为她翻来覆去折腾出的动静打扰到他休息了？一想到有这个可能，宋时壹蜷着身子，不再动弹。

夜渐深，原本一肚子疑惑的宋时壹终究抵不过睡意的侵蚀，闭上眼，缓缓地睡过去。

而沙发上躺着的早该睡过去的男人，听到女孩熟睡后发出的均匀呼吸声，睁开了眼，他视线久久落在床上蜷缩成一团的小人身上。

3.

宋时壹醒过来的时候，顾延霆已经不在，屋子里静悄悄的，倘若不是鼻息间萦绕着男人身上清冽的香味，她会觉得昨晚看到他是噩梦之后的又一个噩梦。

又躺了一小会儿，宋时壹才起床，洗漱完后往外面走，看顾延霆是不是在外头。

“妈……”

拉开房门没见到顾延霆，倒是见到了顾母，宋时壹微愣，然后立刻下意识地开口喊人。

其实她也挺佩服自己，不过短短一天多的时间，她已经能对着原本是奶奶辈的人喊出一声“妈”。

“哎，壹壹起来了，快过来吃早餐。”顾母闻声朝着宋时壹看过来，见到她，招呼她过去吃早餐。

“妈，你怎么这么早就过来了？”

“妈不是怕你一个人在这边照顾不好自己嘛。”

“妈，我不是小孩子了。”

“其实还是有点事情，待会儿吃了饭陪着妈一起去接延霆，他今天回来。”

“哎？”宋时壹听到顾母这话，微微吃惊，“延霆不是昨晚就回来了吗？！”

“什么？”顾母则是比她更加吃惊，失声道，“他昨晚就回来了？”

“是啊！”宋时壹点头。

“那……壹壹，他……没有对你做什么吧？”顾母视线紧张地在宋时壹身上巡视。

“没有啊。”他会对自己做什么吗？

“呼，那就好。”顾母松了一口气，见宋时壹疑惑地望着她，立刻尴尬地解释，“那个，你和延霆结婚的事情，延霆还不知道，是我用了点关系，直接拿你们俩的户口本去登记的，本来打算他回来的时候我带着你过去接他，顺便告诉他，没想到，这臭小子提前一天就回来了。”

宋时壹内心翻滚不已，但是表面上还是装出一副温柔娴静的样子。

……

“那他既然回来了……人呢？”顾母问。

“不知道。”宋时壹摇头，“我醒过来的时候就不见他了。”

“肯定是去医院了，他出国那么长时间，一回来，医院里肯定很多事情忙。”

宋时壹再见到顾延霆是一个小时之后，她奉顾母的命令去医院给他送早餐。

站在心胸外科医生办公室门口，宋时壹摸出手机给顾延霆打电话，这是她第一次给他打电话，连号码都是早上顾母给她的。

心里其实还是有些忐忑的，她对顾延霆有着一种天生的畏惧。

“喂。”电话好久才被人接起来，低低的男音从话筒那端传过来，像是带着电流。

宋时壹心头微颤，说话声音莫名放大：“你……在办公室吗？”见四周的视线朝她集中，她这才反应过来，红着脸压低了声，“我是宋时壹。”

“我知道，有事？”

宋时壹在电话这头一愣，他知道？他什么时候存的她的号码？

“也没什么事情，你吃早餐了吗？妈让我给你送早餐，我这会儿在你办公室门口呢！”

“办公室门口？”顾延霆腾地站起来，拉开门却没见到人，“我没看见你。”

“哎？怎么会，我就站在你办公室正门口啊？！”

“你在哪个办公室门口？”顾延霆沉思一下，微微敛眉。

“心胸外科呀！”宋时壹脱口而出，又迟疑了，“难道……不是？”

“不是。”

甫一跟着顾延霆走进他的办公室，宋时壹就迫不及待地追问：“妈不是说你是在心胸外科，怎么又到脑外科了？”

“三年前是在心胸外科，现在是在脑外科。”

“这样也可以？”宋时壹惊叫。医科专业比不得其他行业，每个专科都是需要从业者长时间地学习和积累大量临床实践的，像顾延霆这样，从心胸外科直接转脑外科，在医学界估计也是一个传奇。

顾延霆从小就是一路开着挂的闪光体，成为业界传奇并不稀奇，但宋时壹纳闷的是，他为什么会转科室……

“只有我想不想，没有可不可以。”顾延霆风轻云淡地回答，领着她走向办公室的休息区。

刚落座，他的目光便落在宋时壹手中提着的袋子上：“不是说给我送早餐？”

“哦。”宋时壹忙递出去手中的袋子，终于问出她一直想问的问题，“你怎么想到转科室？”

她内心有两股情绪，一股是怀疑，为什么他会突然转科室；一股是失落，他转了科室，不就对她没什么帮助了？

可男人不回答，十分淡漠高冷地坐在那儿优雅地用餐，她忍不住想继续问。

顾延霆抬起头，看了眼欲言又止的人，道：“吃饭的时候，不要说话。”

宋时壹：“……”

宁谧的相处时光让宋时壹颇感不适，而顾延霆却并没有受到什么影响，他微曲着身体吃得安静又斯文。

突然门被敲响，急切的护士推门进来通知他一个刚动完手术的病人出现不良反应。

“我先去忙。”顾延霆站起身子往外走，走到门口，忽然顿住，微微偏头，目光扫过女人身上穿的黑丝袜、短裙以及紧身毛衣包裹的曼妙身段，脸色沉下去，“医院人多，以后别随便来医院找我，有事给我打电话。”

最后一句话伴随着关门声落入宋时壹耳中。

宋时壹愣在那儿。

他最后这话是什么意思?

是嫌弃她?还是要玩隐婚?

4.

从医院出来，宋时壹并没有回家，她先去常去的几家小吃店买了些食物，然后坐车去了城北。这一路，她脸上没有一丝笑容，整个人仿若陷在某种回忆中，被浓重的悲伤包围着。

春季的天气多变，原本晴朗的天随着一阵阴云过境阴沉下来，一场大雨以磅礴之势自天空泼来，闪电撕裂长空，时不时响起震耳欲聋的雷声，整个世界被笼罩在一片诡谲悲沉的气氛里。

城北墓园。

雨幕之中，宋时壹踩着石阶一级一级地往上走，直到走到一块黑色墓碑前才停下。她没打伞，浑身已经湿透，但她仿若毫不在意，只自顾将提来的食物一样样地摆放到墓碑前，垂着眸轻声诉说："阿随，好久不见，我来看你了，你在这里过得好吗？每天有没有很开心？每天有按时吃饭吗？每天……"声音遽然哽住，眼睛里不知道是进了雨还是怎样，她觉得有点疼，于是闭眼缓了缓，"都有想我吗？我很想你，给你买酒酿丸子的时候特别想，走路的时候特别想，吃饭、睡觉的时候特别想，每一天都特别特别想……"

宋时壹身子缓缓地蹲下去，手指颤抖着抚上墓碑上的照片，照片里的男人眉宇沉静，笑容温煦，是她一贯熟悉喜欢的模样。

只是，有着这样笑容的人再也不会站在她身边，呵护着她，宠爱着她……

三年前，陆随回国，明明在电话里还笑着对她说他只是做一个小手术，没有什么风险，可是不过几天，等她接到噩耗从国外赶回来，却连他最后一面都没有见到。

那个小小的泛着黑色光泽的骨灰盒，竟然装下了那么高大的陆随。她不愿相信，却也不得不相信，陆随是死于心脏支架手术后的并发症，术后他未能苏醒过来，就这样睡着永远离开了她。

她悲伤欲绝地瘫软在殡仪馆，对着陆随的遗照久久不愿离开，却恰好听到殡仪馆的两个工作人员的话……

角落里，一个殡仪馆的工作人员拉住另一个工作人员说：“你说怪不怪，我刚才处理的那具年轻尸体，听说是心脏手术之后死亡，可是却连伤口都未缝合，而且……”他降低了音量，“我在做遗容整理的时候竟然发现那具身躯里没有心脏……”

听到这里，宋时壹只觉从脚底板蹿起来一股凉意。

如果没有当天晚上收到的一条陌生短信，宋时壹大概完全不会想到陆随会成为黑暗交易的牺牲者。短信里言之凿凿地称极负盛名的南雅医院里有医生暗地里进行器官买卖，还会选择病人成为器官买卖的提供者……

对于这一条短信的来源，宋时壹查了许久，未果，但却在她心中砸下了深深的印记。

可她想要查陆随的死、南雅医院及南雅医院里的医生，谈何容易。

陆随的死早已被定为意外死亡，早先也没有发现任何疑点，如今尸体已经被火化，这时候再跳出来质疑也未必有人相信。

陆随的家人因为伤心过度举家搬离了这个城市，她联系不上，所以根本不知道陆随在入院、手术以及术后的具体情况。医院里对于医生和病人的信息是绝对保密的，尤其是已经死亡了的病人信息完全不对外透露。

她仿若被围困在死城中，左右寻不到一条活路，天天徘徊在医院门口，试图寻找到一点蛛丝马迹。

她整天守着医院。

北市的夏天格外炎热，她中暑晕倒被好心的医生带进了医院休息，缓过来的她迷茫地看着穿白大褂的医生疾步穿梭在各病室，脑子里面猛然蹿出一个想法——唯一的突破口就是她也当医生！当医生，她就有机会接近被封存的档案，找到给陆随动手术的医生，才有机会去查陆随死亡的真相。

大雨还在继续凶猛地倾泻，宋时壹已经分不清自己脸上的水是雨水，还是随着悲伤一起涌出的泪水，她只是一遍遍地将照片上的水拂去，绝望地看着照片上的那张笑脸，逼自己艰涩地扬起嘴角：“阿随，我今天来，其实是要告诉你一件事情。”她的声音很轻，仿若怕惊扰到他，“我结婚了，就在前两天。以前你不是一直说除了你没有人会要我，但你看……”说到这里，眼泪越发止不住，声音几近嘶哑，“现在除了你，不是还有人要我的嘛……你可以不用再担心我一个人在这个世界上孤孤单单了……”

“阿随，你会不会怪我嫁给了别人？不要怪我好不好，我只是……只是想要早点查清楚真相。他是医生，三年前是南雅医院心胸外科的医生，通过他，我有机会能查到三年前的事情……阿随，等等我，再等等我好不好，我找到真相为你报了仇，我就来陪你……”

满是泪和雨水的脸贴到墓碑上，声音柔得如同情人间的呢喃，又分明带着一抹冷冽坚决。

宋时壹在墓园待了很久，直到晚上八点多，她才坐上最后一班从城北开往城中的公交车。

DIERZHANG

第二章

尽量远离我？那你想接近谁，冠着我妻子的头衔去和别的男人勾搭？

1.

等宋时壹回到公寓，已经是晚上十点。

按了密码锁，家门打开，宋时壹迈步进去，抬手刚要按灯，沉稳辨不清情绪的声音就从客厅那边传来：“去哪儿了？”同时，黑漆漆的屋子，灯光乍亮。

宋时壹一时间适应不了这光亮，闭了闭眼：“没去哪儿，就没事随便逛了逛……”

她以为他还没有回来，未料到他会在家，可他怎么不开灯？是故意要吓她？

宋时壹抬手拍了拍胸口，稳住心神，弯腰从鞋柜里拿出拖鞋换上，往里面走。

走了几步，她察觉有那么一丁点不对劲，视线往沙发那边瞄过去："是有什么事情吗？"

"你这一身是怎么回事？"

"回来的时候，外面下大……"

宋时壹还没解释完，坐在沙发上的男人忽地站了起来，他坐着的时候就已经气势凌人，这近一米九的个头站起来，长腿伸展，她只觉得被巨大的压力笼罩。她不知道他是怎么了，吓得大气都不敢出。

可他什么也没有做，只看了她一眼便往卧室走去。

宋时壹不知道他那一眼是要她跟着还是怎样，想了想，还是垂头跟了过去。才走到门口，男人突然折返，两人迎面撞上，他的胸膛滚烫，她浑身冰冷，那温度让她不由得一颤，赶紧退开："对……对不起。"

话声方落，脑袋上有东西罩下来，宋时壹怔了怔，抬手扯下，一条毛巾。

"谢……"

宋时壹心里一暖，张嘴道谢，但一个谢字的音还没完全说出来，沉沉男音钻入耳中——

“别打湿地板。”

她在心底自嘲地笑笑，提醒自己别抱什么期待，他们的结合其实都是各取所需……

“对不起，我以后会注意的。”宋时壹深吸一口气，道歉。

顾延霆眼神扫来，如古井般黝黑深邃的眼里似乎凝起不耐烦：“怎么，是想把地板弄得更湿？”

“唔，没。”宋时壹赶紧拿干毛巾覆住头，一下一下地擦起来。

……

淋了雨，宋时壹觉得头有点重，洗了澡直接爬到床上就睡了。

顾延霆从客厅进来，宋时壹已经睡着了，黑色的大床上，拱着小小的一团。

男人忽然眉目舒展，长腿迈开往床那边去，近了便发现有点不对，缩成一团的宋时壹呼吸粗重，小脸一片不正常的绯红。

身为医生的顾延霆无须伸手去探宋时壹的体温，就知道她一定是发烧了。

这一晚，宋时壹睡得不是很安稳，她觉得浑身一会儿冷一会儿滚烫，她一直深陷噩梦中，她梦到陆随死时的惨状——躺在病床上，胸膛被剖开，所有的器官都被摘下，只剩下一具空空的躯壳，而在他血肉模糊的身体旁边站着一圈人，个个穿着带血的白大褂、戴着口罩放肆地笑……

“啊！”

一声尖叫冲破喉咙，宋时壹猛地睁开眼睛，从床上弹坐起来。

“做噩梦了？”低沉的声音从上方沉下来。

腰间搭过来一只大手，有温热的呼吸喷洒在她的脖颈，刚才出了一身冷汗，彼时被这温热一烫，她不禁抖了抖身子。

好不容易稳下心神，她心跳如鼓地扭头，映入眼帘的是一张极其好看的脸，剑眉如浓墨渲染，黑瞳幽深敛去白日的锐利锋芒，鼻梁挺直，唇线优美，有着冷漠禁欲的味道。

“小叔叔？”声音出来，宋时壹自己都吓了一跳，沙哑得犹如七八十岁的老妪。

“我这是怎么了？”她艰难地询问。

“发烧，现在体温已经降下去了。”顾延霆简短地回复。

“哦。”宋时壹点点头，估摸着是昨天淋雨导致的，“现在几点钟了？”

“七点。”

“哦！”宋时壹又点点头，然后后知后觉地感觉有什么不对……

顾延霆怎么在她床上？！

她脑袋里的神经绷紧，还未来得及做出从床上跳下去的动作，男声已经入耳：“我起床上班，你休息。”

“我今天有课。”

“你这样子还去上课？”顾延霆已经站起来，高大的身体微微俯下，“学校那边我会替你请假，不过话说回来，”他顿了顿，语气中难得地多了一丝揶揄，“我没记错的话，你是有二十四岁了？大学本科早该毕业，怎么还在读书？是读研？还是被留级？”

“关你什么事！”这句话像是触了宋时壹的逆鳞，特别是“留级”两个字让她的脸顿时烧成一片。她窘迫地把被子一拉，将自己整个裹住，直到听到浴室里面响起水声，才从被子里面钻出来。

她盯着浴室，静静地回想他刚说的话。

她不是读研，也没有被留级，甚至曾为了追随某人的脚步一路跳级，不过二十岁的年纪，大学本科已经毕业，同时还拿到国外几所著名学府的录取通知得以出国深造……后来对那个人的渴望破灭，她认识了陆随，可是随着陆随的离奇死亡，她就放弃了一切，选择重读医科大学。

2.

顾延霆确实替宋时壹请了病假，但宋时壹的辅导员来电要她最好回校一趟，因为一周后他们大四和大五的学生会分配去各大医院见习。

身体还是绵软无力的，但是宋时壹硬撑着出了门，这对于她来说非常重要，三年了，她等的就是这一天。

会议结束，辅导员从讲台上离开，宋时壹将所有东西胡乱地往书包里一塞，拔足追了上去。

“辅导员！”

辅导员顿住步子，回头看她。

“我想问，为什么我们见习的医院里没有南雅？”

“哦，因为今年负责给南雅输送见习生的是南中大学。怎么，你很想去南雅见习？”

“嗯，南雅是全国数一数二的医院，能去那边见习是每个学医者的梦想。”

“但很遗憾，我们学校今年没有指标。”辅导员没有听出宋时壹话里其他的意思，只顺着她的话接，“不过，也不是没有办法……”

宋时壹眼睛顿时亮了亮。

“如果你有医院那边的关系，可以联系看是否能争取到一个指标，或者你有没有亲戚、要好的学长之类的在南雅上班，让他们牵牵线，只是实习也许能行得通。”

宋时壹一下子想到了顾延霆。

分配迫在眉睫，如果在文件下达后她没有办妥，那么就只能分往仁医了。

她几乎没有丝毫犹豫地拨了顾延霆的号码，电话还未接通之际，她突然想起那天他说的话，手指下意识地摁了挂断键。

没想到下一秒，顾延霆的短信竟然发过来了。

上面只有短短几个字——“宋时壹你胆子很大”。

连标点符号都没有，足见他的生气。可，她怎么惹了他?

宋时壹指尖轻点屏幕，回过去一条：“怎么了？”

直接回过来的是电话。手机忽然振动起来吓了宋时壹一跳，不敢耽搁，她赶紧接起。

“我今天早上和你说什么了？”

话筒里传来男音，严肃低哑，宋时壹顿时升起一种做坏事被抓包的错觉，情不自禁地挺直背脊："你今天早上和我说，让我在家，不要到处乱跑。"

"记性倒是不错。"

"但是学校今天讲见习分配的事情，让我们一定回学校，所以我……"忽然想到回头有事相求于他，宋时壹赶紧很乖很仔细地解释。

"见习？"

再继续这个话题是一个小时之后，宋时壹坐上了顾延霆的车。今晚顾母喊他们回家吃饭，本来是两家正式吃饭的意思，因为妈妈还在医院，所以就她一个人单枪匹马地赴约了。

牙齿轻咬下唇，犹豫好久，宋时壹将心里那点小九九说出来："小叔叔，你能不能让我去你们医院见习？"

顾延霆盯着前方的车流，修长的手指握着方向盘灵活转动，漫不经心地开口："怎么，你分配在哪儿？"

"仁医。"

"我们学校今年没有在南雅见习的名额，但我很想去南雅，你能不能……"宋时壹偏头望着顾延霆，一双大眼睛水波潋滟，荡着浅浅的祈求。

车子正好到了一个十字路口，有五十秒的红灯时间，顾延霆扭头朝她望过来，沉默地看着她。

宋时壹瞬间觉得压迫感倍增，却又不得不硬着头皮等待他的回复。

“想走后门？”

绿灯亮起，车子重新启动，男声同时在安静的车厢里响起，很淡，听不出情绪，却将宋时壹的心牢牢抓住，她几乎不敢呼吸，等着他的回答。

“没门。”

宋时壹的心一下跌落谷底，她气鼓鼓地望着他：“为什么？小叔叔，如果你是因为不想别人发现我们的关系，那请你放心，我是绝对不会泄露出去半点的，在医院我也会尽量远离你。”以为男人是怕别人发现他们的关系，宋时壹先表明态度，表情认真严肃到只差指天发誓。

男人的脸色却兀地变了，他微扯嘴角似笑非笑：“尽量远离我？那你想接近谁？冠着我妻子的头衔去和别的男人勾搭？”

这话从何说起？宋时壹想解释：“我不是这个意思，之前你说……”

“我说什么？”

男人睨着她，她顿时觉得没什么好说的，摇了摇头，但心里又还有点不死心，临了下车，她忍不住再问一遍：“真的不行吗？”

“嗯。”男人冷声回了个字。

宋时壹在心里哀叹，不情愿地跟上他的脚步。

3.

实习分配再过四天就板上钉钉了，宋时壹急得冒烟，没料到竟会柳暗花明。

下午没课，宋时壹照例到医院看妈妈，正好遇上来查房的医生，里面竟然有一个大她几届的学长。宋时壹入学的时候，学长作为迎新代表接待过她，后来两人一起参与学院的活动有过一些交集，便成了朋友。不过，学长毕业之后，两人就没太多联络，所以她也不知道他到了南雅。

此时看到学长，宋时壹只觉得看到了神明，他全身上下都在闪闪发光，尤其在她向他表达了请求，他表示会帮她后。

之后一切无比顺利，星期一她就直接到南雅报到，也如愿进了心胸外科。

“学妹，怎样，还能不能适应？”

查完最后一间病房出来，秦勤偏头询问跟着的宋时壹是否适应南雅的工作节奏。

“嗯，还可以。”宋时壹边应着边摇头晃脑地往四处张望。

秦勤见她这样，狐疑地皱眉：“学妹你在找什么吗？”

“啊啊……没有啊！”

秦勤虽不相信，却也没有多问，只当她有心事，于是问道：“快到饭点了，一起去吃饭？”

“唔……”宋时壹有点犹豫。

她害怕在食堂遇上顾延霆，不过转念一想，那种人挤人的食堂，有洁癖的顾延霆应该是不会去的。

其实，来上班的这几天，宋时壹因为担心遇到顾延霆，就偷偷去食堂踩过点，这几天下来，确实一次都没看到过他。

不过，转念一想，她总不能因为躲他就不吃饭吧！她要那么怕他躲他干吗，他不帮她进南雅还不许她通过别的方法进来了？反正她绝对不会主动去烦他，去暴露他们的关系，他还有什么不满……

思及此，宋时壹应下秦勤一起吃饭的邀约。

倒霉的事总是接二连三地发生。

在这之前，顾延霆的确是没有在食堂吃过饭，但今天一台耗时极长的手术出来，已是中午，累极了的他本想干脆不吃了，却架不住同台手术几个医生的邀约，于是一起来了食堂。

电梯缓缓下行，顾延霆靠着轿厢闭目养神。

他刚从国外回来又刚进脑外科，按道理还是适应期，可医院这地儿哪管这么多，虽是知名医院，但脑外科专业素质过硬的人才稀缺，好不容易抓着一个他，上面哪能放过。一个星期下来，他进了不下十次手术室，今天忙得喝口水的时间都没有。不过此时闲下来，脑子里倒是有空想点别的。

在医院连轴转了一个星期，他吃住都在医院，那小女孩便也一个星期没见。

那天在家吃完饭，他要赶回医院做一个紧急手术，走的时候特意看了看她，她坐在沙发上小脸紧绷着，还为他不愿意帮她进南雅的事情生着闷气。今天周三，不知道她是不是去仁医实习了，本来那时只是逗逗她，回头她真想进来，他也还是能做到的……

其实想想，她在眼前倒比她不在眼前要好。

怎么那小女孩就成了他的妻子了呢……

思绪走到这里，高大的身子更贴紧电梯壁，铁皮轿厢贴上去除了凉，还有些硬，可是心里有一处却忽地有些发软，软得厉害。

“叮！”

电梯到达，顾延霆睁眼站直，随着几人一道出了电梯。

刚进食堂大门，没走几步他就站住了，舌尖微不可察地顶了顶后牙槽，目光深邃如狼地望向前方。

瞧瞧，他看见了什么？他方才在想的小女孩，这会儿正坐在前方不远处和一男人吃饭，她背对着，看不清她的表情，但坐在她对面的男人，在笑。

顾延霆勾起嘴角也笑了，有些薄凉，有些冷意，他双手插入衣兜，长腿一迈朝那边走过去。

“是啊，是啊，那时候我都笑得肚子疼……”宋时壹正和秦勤说着一些学校的趣事，说到兴致处眉开眼笑的，可笑着笑着就笑不出来了，只感觉身后有一阵阵冷意袭来。

“顾医生……”

宋时壹还没来得及往后看，坐在她对面的秦勤猛地起身，一脸惊喜地看着她身后，而从他嘴里喊出来的称呼几乎把她吓得魂飞魄散——秦勤喊的顾医生不会是……不会那么巧吧……

想着是一回事，真遇上可又是另外一回事！

后衣领忽而被人轻揪住提起，宋时壹被迫回头，正对上一张阴沉着的俊脸。尽管有些准备，但这一瞬间她还是有点蒙，下意识地跟着秦勤喊："顾医生。"

顾医生？很好！

额角青筋轻轻抽动，顾延霆手一用力，轻而易举地将宋时壹从座位上拎出来，不顾周围投过来的好奇目光，拖着她往外面去。

4.

"进去。"

顾延霆拖着宋时壹一路至他办公室门口，面无表情地朝着前方抬了抬下巴，示意她自己进去。

被他从食堂拖出来的时候，宋时壹还敢反抗两下，如今却是大气都不敢出了，撇嘴，伸手推门。

"小叔叔……"

刚进屋子，她的手臂一紧身子已经被人拉过去，几乎是眨眼的工夫，她就被抵在了门上，门因为冲力发出巨大的关闭声响。

眼前笼罩着一片阴影，一抬头对上顾延霆冷淡的眸，宋时壹顿时缩缩脖子不敢吭声了。

“不喊顾医生了？”顾延霆挑高一边眉毛。

“这……刚刚不是在外面嘛！”宋时壹讨好地笑。

“他是谁？”

男人温热的呼吸喷洒在脖颈，带起一阵战栗感，宋时壹深吸了口气：“一个学长。”

“他帮你进的南雅？”

“是。”宋时壹垂在身侧的双手轻轻握了握。很奇怪，明明没做什么亏心事，可这刻还是有点胆战心惊的。

“嗯。”

压力感遽散，男人高大的身子离开，宋时壹动了动已经僵硬的身子，要把嘴里那口浊气吐出来。

“明天回仁医见习。”

他这一句话压下来让她几乎窒息，她上前一步，声音里有丝丝怒意：“为什么？”

“小叔叔，别这样，我好不容易才进来的。”察觉男人眉宇间的凉意未散，宋时壹软了口气，和这男人硬碰硬无疑找死，还不如放软一搏。

她软白的小手拽着他的白大褂，声音轻轻细细的："虽然你不愿意透露我们的关系，可当时你不是说我们是不能离婚的，那总不能私下也像是两个陌生人一样过吧……至少要日子和睦不是，那我们不在一个医院，忙起来天天连面都见不着，这样有什么意思？如果我们在一个医院，至少能一块儿上下班，这样能增加我们对彼此的了解，让我们的婚姻更加和睦，多好。小叔叔，就让我留在南雅行不行？"

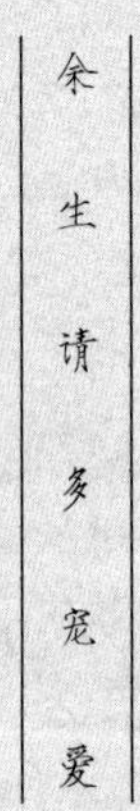

余生请多宠爱

DISANZHANG

第三章

她很肯定，今晚一定不简单。

1.

不知道是她的哪句话打动了他，他最终同意她留下，但他提出了一个要求：她不能留在心胸外科，从明天开始必须跟他来脑外科实习。

这对宋时壹来说是不小的冲击，她学医、进南雅为的就是查陆随真正的死因，而陆随死于心脏手术，要查显然是留在心胸外科最好。

宋时壹试着和男人商量。

他只扔给她两个选择：一、回仁医；二、去脑外科。

权衡利弊，宋时壹自然选了第二个，毕竟是留在了南雅，虽然比不上在心胸外科那么方便，可至少还在这医院里，不愁想不出办法。

“小叔叔，那我今天总还是要回心胸外科去上班吧？”

“就在这里待着。”

“可……”

“我会和那边做交接。”

顾延霆丢下这句，转身走回自己的办公桌。他在椅子上坐下，身子懒懒地靠向椅背，双目合上，明显一副不打算再与她交谈的样子。

宋时壹视力极好，隔着几米的距离看顾延霆，也看到了他双眼下的一圈乌黑，看样子是连着几日没有休息好，她亦不敢再打扰他，轻手轻脚地到一旁的沙发上坐下。

这么干坐着太无聊了，宋时壹眼珠转转，打量起男人的办公室。

但看了没几眼就没了兴致，除了办公桌、一组沙发、一张简易折叠床、旁边挂着的几件衣服、书柜上面摆着的一些书，就什么都没有，偌大的办公室空空荡荡的，十分清冷，就和顾延霆的公寓一样。

不过相比起这儿，他的公寓是更加典型一些的顾延霆风格，空荡清冷，非黑即灰白，三种色调充斥着整个公寓。

无趣地收回目光，却在中途顿住，她被书柜上摆着的一本书吸引了，在顾延霆那一堆医科专业书的下面，整个一排就放着那一本书。

宋时壹看着看着，觉得有点眼熟，像是她初中时期看过的一本小说。

她站起来往书柜那边走过去，近了，书的封面和书名清晰地映入眼帘，果然就是她那本还没看完大结局就被老师收缴了的书……这也是过去这么久，她还认出它的原因。

不过，这本书怎么会在顾延霆这里？

宋时壹伸手将书拿下来，没有一点灰尘，像是被妥善保存，不过书页的边角有些卷边，感觉像是有人经常翻阅。

宋时壹歪着头，心中疑惑更甚，而手下意识地覆上书的边角要翻开。

“你在做什么？！”

顾延霆的声音忽然自背后响起，宋时壹惊得一抖，手中的书“啪”地掉到地上，她急急要弯下身子去捡，却有人比她更快。

“小叔叔。”见书已落入男人手中，宋时壹没再多此一举，她站直了身，笑着开口喊顾延霆，“你醒了。”

“谁让你乱动我的东西？”

她的笑容没换来男人的好脸色，他因她不经过允许翻了他的东西生气了。

“对不起。”劈头盖脸的呵斥声让宋时壹的笑僵在脸上，心中蔓延起一点无措、委屈的情绪，不过最后她都将它们好好地藏住，在一个根本不会怜惜你的男人面前露出委屈是一种愚蠢的表现。她深呼吸，理智地道歉，“是我不对，以后不会了，小叔叔，你不要生气。”

一个二十四岁的小女人在一个三十一岁的成熟男人面前能有什么秘密？她所有自以为藏住了的心思其实全部都表露在了脸上。于是，顾延霆心中原本的紧张情绪，因她这种生疏冷静而彻底转变成怒火。

随着顾延霆的忽然逼近，宋时壹胸腔里的心剧烈一跳，以为他这是要对她做些什么，毕竟他的怒意已经很明显，她闭上眼睛，认命地等待狂风骤雨的降临……

然而，什么也没来……

“好好待在这里。”他仅仅是扔下一句话就走了。

看着他消失的背影，深深的不解浮上宋时壹心头，他都那么生气了，居然也没对她做些什么。到底什么时候开始，这男人变得这么好说话了？难道是因为穿上了一身白大褂，气质都活生生地改变了！

宋时壹并没有在这个问题上纠结太久，毕竟她从来就没有摸清过他的脾气。

比起顾延霆的性格，她对那本书更好奇。

刚刚是想问来着，那本书是不是她的？怎么会在他的手中？因为他突如其来的怒火，她连口都不敢开。

然后现在……那本书却被他给带走了。

宋时壹简直不敢相信，一向自律且冷漠严肃的顾延霆，去忙的时候竟然会带着一本言情小说！

但是一想到这一个下午她都得待在这里，顿时整个人都萎靡了。

不过她也不敢离开，顾延霆的权威她不敢再挑战一遍，他手里拿捏着她能不能留在南雅的决定权。

2.

去往手术室的路上，顾延霆整张俊脸都紧紧绷着，浑身散发出一股请勿靠近的戾气。一路上，确实没有一个人敢上前打招呼。

“顾医生，都准备好了。”

直到到了手术室的门口，那种暴躁的戾气才渐渐散去，他恢复到一贯平静沉稳的清冷样。顾延霆准备做术前消毒准备，协助他这台手术的几个医生也陆续走了进来。

“顾医生，你手上拿着的是什么？”有人眼尖，看到他手中拿着东西，好奇发问。

“没什么。”顾延霆将书放到一旁，边洗手消毒边淡淡地答。

“我没看错的话，这是本言情小说吧！”一名女医生看到书的封面惊叫起来。

“嗯。”顾延霆脸上的神色依旧是淡淡的。

和顾延霆一起合作过好几台手术的男医生听到这边的动静，不由得调侃起来：“顾医生，你一大男人还看言情小说啊！这爱好够特别的！”

“不是我，是我太太爱看，等下班拿回去给她看。”说到这里，顾延霆的脸上浮现了一点的笑意。

就那么一点，已经叫见着的人全惊愣了。

接着，一个个激动得忍不住交头接耳起来：

“天，没看错吧，刚刚顾医生笑了？”

“是啊……他笑了，顾医生居然会笑？还一直以为他丧失了笑这个机能了呢！”

“什么？太太？顾医生结婚了？”

“天，我男神这么年纪轻轻的居然就走下神坛，坠入凡间了！”

……

手术室里碎了一地的芳心！

偏偏那弄碎一地芳心的男人一点也不自知，他回转过身子，嗓音低沉，严肃地对一个小护士吩咐：“小陈，那本书帮我好好看一下，要是丢了你看着办！”

下午的这一场手术虽然风险性不大，但十分复杂耗时，整整花了六个小时。

“江医生，剩下的缝线工作你们来处理一下。”只剩下最后的缝合，顾延霆退到一边。

“好的。”被唤作江医生的人点头答应，接替顾延霆的位置，开始为患者缝合伤口。

“顾医生辛苦了。”

“大家都辛苦。”

顾延霆没什么表情地对众人点了下头，转身往外面走。

“顾医生，你的书！”被钦点让看着书的护士小陈见顾延霆走过来，连忙双手送上书。

顾延霆脱了身上的无菌服，摘掉口罩，又洗净了手，才从小陈手中接过书。

“谢谢。”道了一声谢之后，他离开了手术室。

“怎么还不回来？！”

宋时壹第N次抬头看墙上挂着的时钟，时间显示已经是晚上八点五十分。顾延霆是下午两点多离开的，现在过去六个小时了还没回来，她等得快要饿死了，真是快要饿死了！

中饭还没吃上两口呢，就被他给拽到这里，之后这么长时间，啥也没吃，就算是再扛饿的人，这时候也得撑不住了，更何况她还不是什么非常能扛得住饿的人！

“啊，不等了，要去吃东西了。”

胃里传来的饥饿感让宋时壹变得暴躁，她在屋子里面来来回回地走了几圈，终于是完全撑不住了。她转身往门口走，决定出去吃点东西，医院外面就有吃的，她赶紧吃完回来或者直接打个包带回来，应该不需要很多的时间。

打定主意，她拉开门……

“小……小叔叔？”

门自外面被推开了，顾延霆出现在她面前，宋时壹毫无防备地吓了一大跳，捂着胸口半天平静不下来。

“你要去哪里？”他的声音还是低沉平稳，透着一丝丝疲惫。

“没，我没去哪里，就……肚子饿了。”宋时壹面对着他还是有莫名的紧张，她咽了咽口水，补充着解释，“你说让我在这里等着，我就一直没敢离开，但我已经等了六个多小时了，中午吃饭的时候我什么也没吃。真的，我就是想去吃个东西，然后再回来等你下班。”

顾延霆没有说话，黑色的眸幽深得看不出情绪。眼前的小女孩，长相并不出众，这些年，他见过不少长相好身材佳的女人，但没有一个人的眉眼能刻入他心里。她有着如弦月般的弯眉，一蹙一颦都牵引着他的情绪，圆眸一笑，仿若盛满星光，明亮璀璨，而委屈时的哭泣，如乌云遮挡住光芒，叫人忍不住心生怜惜，就像现在，这委屈的小模样。

“小叔叔？小叔叔？”

落在身上的视线仿若有点炽热，让宋时壹不大自在，她禁不住抬起手在男人的眼前挥了挥。

“嗯？”

“小叔叔，你在想什么呢？”见男人回过神，落在她身上的目光亦没有了滚烫的温度，宋时壹舒了一口气，又不由得有点好奇。

顾延霆没搭理她，沉着脸从桌子上抓过钥匙，旋身朝外走。

“还不走？”走了几步见宋时壹没有跟上来，他回头视线凝着她。

“去哪儿啊？”

“吃饭，回家。”

“哦，哦，哦。”一听到吃饭，宋时壹咧嘴一笑，开心地跟了上去。快要走到顾延霆身边的时候，她步子突然顿了顿，头往门外探了探。

强忍住往她的后脑勺上敲一指头的冲动，顾延霆拧起眉头：“做什么？”

“小叔叔你赶紧走，我慢慢来，我们在医院门口会合。”

明明是叫他赶紧走，他怎么反而停下步子？宋时壹不解地抬起头，望向男人。

“宋时壹，”顾延霆伸手将离自己快有半米远的女人拖到身边，居高临下地睨着她，一字一顿地开口，“你是不打算来南雅实习了是不是？”

“啊？没，没！”宋时壹脑袋摇得跟个拨浪鼓似的。

“那还不快走？”

宋时壹猜不透他的想法，只能赶紧跟着走。他如今是掌握她生杀大权的老大，他说什么就是什么。

“想吃什么？”他问。

“都可以的，就找一家近一点的吧。”对于饿得不行的人来说，吃什么好不好吃已经不是顶重要的，能不能快点吃上才是最重要的。

顾延霆没有再接话，等宋时壹一系好安全带，他就发动车子，开出停车场。

在医院周边转了一圈，一无所获，这会儿已经是晚上九点多，大多数的餐厅都已经打烊。

“都没吃的了……”

又问了一家，也打烊了，宋时壹摸着饿得瘪瘪的肚子，略感悲伤。

“回……”

“哎，那边有夜宵摊！”

顾延霆刚要说回家吃，他做饭，女孩兴奋的声音先一步钻入他的耳朵，他顺着她手指的地方望过去，马路对面的昏黄灯光下，有几个烟火缭绕的烧烤摊，那环境让他眉头下意识地皱起，拒绝的话刚要说出口，却在看到她嘴角绽放的笑意时咽了回去，不情愿地停好车跟在她的身后朝烧烤摊慢慢踱去。

“哎，美女，要吃点什么？”烧烤摊的老板是一位大叔，见有客人过来，他赶紧热情招呼。

“唔，”宋时壹视线在一排排吃的上游移，手指不停歇地指来指去，“一个茄子、一个鸡翅、一个鸡腿、一串骨肉相连、一个烤玉米，还有一根火腿肠、三串韭菜、四串豆腐。”

“好嘞！”大叔边应边将宋时壹要的东西挑出来。

“小叔叔，你要吃点什么？”宋时壹兴高采烈地点完，余光里映入身侧男人的样子，她这才想起还有一个人，头皮一麻，赶紧开口补救。

“不用。”顾延霆薄唇轻启，冷漠地吐出两个字。

“哦。”

宋时壹也没勉强，男人对这里的不喜她都看在了眼中，想想也是，他这样的人哪里会吃路边摊？怪她，刚刚看到吃的太欢喜，一时都忘了他的身份，除了光鲜亮丽的名医身份，更是北市第一豪门顾家的继承人，如今的她与之相比，是云泥之别。

但按他的习惯，不应该是冷漠拒绝，再顺便甩她一脸嘲笑和冷语吗？这是抽了什么风，竟屈尊跟着她来了这里……

不过，她也没有想多久，当吃的摆上了桌子，她的思绪就全然被它们占满，没法再去想其他的了。

3.

“宋时壹。”

宋时壹正开心地啃着鸡腿，听到他的声音抬起头时，嘴里还叼着块刚咬下来的鸡肉。

宋时壹脸小，五官就显得十分立体，加上吃了辣椒，本就红润的嘴唇更加诱人，再加上这昏黄灯光的映照下闪着晶亮光泽的眼睛……顾延霆盯着盯着心里忽然一动，猛然撇过头，狠狠合上双眸，再睁开时已恢复一片清明。

“你瞧瞧你吃成什么样，有没有一点身为女孩子的自觉？”他声音微微有些粗哑。

“呃……”宋时壹没料到她吃相不好他也会管，本能地想反驳，但想起他手里捏着的把柄，默默地把顶撞的话给咽了回去，拿着鸡腿小口小口地咬着。

可这对于顾延霆来说无疑更是一种折磨，她沾着油的红唇不断开合，因为怕他不满意不时悄悄抬起的眼睛，让他感觉到一股来自身体深处的莫名炽热，他抬起腕表，用不耐烦的语气掩饰内心情绪：“宋时壹，你这是蚂蚁搬家吗？吃这么慢，什么时候才能回去？”

宋时壹：“……”

这是宋时壹吃过的最艰难最倒胃口的一次烧烤，吃得欢，被说；吃得慢，还要被说……

她气恼地抓起鸡腿吭哧吭哧几口咬完，好像那个鸡腿就是顾延霆一般。

“小叔叔，我吃饱了，我们走吧。”她埋头快速地把这些食物一扫而光，嘴里装得满满的，含混不清地说。

男人仿若早已忍受不了，在她刚刚吃完的时候，高大的身子已经从位置上站了起来，长腿往车子那边迈去。

宋时壹看着男人远去的背影，撇了撇嘴，小跑着跟上去。

今晚的睡觉问题，又让宋时壹愁得一头包。

前一周顾延霆忙手术没有回来，她一个人睡大床，开心得不得了。可如今，他回来了要怎么办？

让他再睡沙发？宋时壹不敢，想必他也不会同意。

她不敢忘记，他们“同居”的第二天早上，她睁开眼看到的就是他宽厚健壮的胸膛，而她正蜷缩在那处温暖里……嗷！不能再想，她拍拍脸，让自己冷静下来，她很肯定，今晚一定不简单。

就在宋时壹把自己关在房间里绞尽脑汁想办法的时候，顾延霆却摆弄起客房的门来。

“砰砰砰……”

捶打的巨响令宋时壹一阵发蒙，好一会儿，她才回过神，赶紧跑出去看。顾延霆敛着眉举着一个铁榔头，随着一下一下砸向门锁的力道，他肩膀的肌肉收缩出一个极其好看的形状。

“小叔叔，你这样会把门砸烂的！”

“不砸开，我怎么进去睡？”他头也不回。

宋时壹听到顾延霆这话，安心了，嘴角微微上扬。

顾延霆看着忽然一脸笑意的宋时壹，眯起眼睛，随手将榔头扔沙发上：“算了，不砸了。”

“啊？”宋时壹情急之下脱口而出，“不砸，你睡哪儿啊？”

“我们房间那么大，床那么宽，还愁睡的地方？”顾延霆悠悠开口。

“别呀……小叔叔，做事不能半途而废的。”宋时壹赶紧阻止他，“你要是累了，就我来吧，我帮你。”

“嗯，那你来。”

顾延霆好笑地瞥了她一眼，竟也没客气，把扔在沙发上的那把榔头拿起来递给她。

“我……”宋时壹有种搬起石头砸到自己脚的感觉，她欲哭无泪，伸手颤颤巍巍地接过。自己挖的坑，哭着也要填完！

在她还未握紧榔头的时候，忽然手上一松，榔头已经重新被顾延霆抽了回去，他冲她摆摆手：“走远点。”

这……不是在逗她吗……

虽然心里有气，但是宋时壹觉得这时候闭嘴才是最好的选择，她退回到沙发边，默默把自己当成隐形人。

顾延霆像是发了狠，竟然真的把客房的门锁砸烂了，他推门的时候轻轻回头瞥了宋时壹一眼：“这下你可以放、心、了。”

最后三个字他几乎是一字一顿地说出来的，字字砸得宋时壹心肝直跳。

但是看到男人高大的背影彻底消失在客房门后，一股莫名的失落感沿着她的脊背攀爬上来，激得她一哆嗦，赶紧滚回卧房去了。

4.

这一夜，宋时壹睡得累极了，做了一堆乱七八糟的梦，但个个都离不开顾延霆——她梦见小时候那个对她只有冷面的少年；梦见她做错事挨骂的时候，他擦肩而过的冷笑……总之，在梦里，他就这么频繁又恐怖地影响着她。

挣扎着睡到闹钟响，宋时壹才缓缓地睁开眼，从床上爬起来。

一出门就看见正在看报纸的顾延霆，今天的他穿一身白，白色的高领毛衣，白色的休闲裤，整个人看起来年轻又阳光。

宋时壹看着这个在梦里折磨了她一宿的罪魁祸首，有气无力地打招呼："早上好，小叔叔。"

"过来吃早餐。"顾延霆放下手中的报纸，对宋时壹招招手，十分漫不经心的样子。

早餐还有她的份？宋时壹一喜，屁颠屁颠跑向餐桌，在顾延霆对面一屁股坐下，然后大快朵颐。直到见到对面男人的眉头微微拧起，她才后知后觉想到他嫌弃过她的吃相，下意识地想转换话题。

"小叔叔，你今天看起来真年轻！"一开口，她就意识到惨了，这话说出来简直是自寻死路。

只见对面男人的眉头瞬间拧出几个褶子，声音微凉："你的意思是，我之前看起来很老？"

"咳，不，不是的……"宋时壹重重咳嗽一声，赶紧摇头否认。

"我怎么觉得分明就是这个意思？"顾延霆上半身往前倾，辨不清喜怒的目光紧紧锁住她，"宋时壹，说实话，我很老？"

"没，真没有。"宋时壹用平生最快的反应速度回应，"小叔叔，你那是成熟，成熟内敛你知道吧？这和老不是一个概念，成熟内敛的男人呢，是非常有男性魅力的，你跟老完全不沾边……呵呵，呵呵，不沾边的。"

"嗯。"男人似乎是满意了，身子往后靠在椅背上，好看的眉目微微舒展开。

"呼……"宋时壹暗暗松了一口气。

"宋时壹。"

"嗯？"一口气还没换过来，男声悠悠传来，宋时壹赶紧抬起脑袋，望向声源处。

"我们一起走出去，像什么？"

"什么？"宋时壹没明白过来顾延霆话里的意思。

"我的意思，我们走在一起，别人会觉得我们是什么关系？"

顾延霆出奇有耐心地重复一遍。

宋时壹差点脱口而出“叔叔和侄女”，在那话要冲出嘴巴的最后一秒，她拼死忍住了。

“哥哥和妹妹！我们走在一起，别人肯定会觉得我们是兄妹关系。”

“哦，是吗？”

“呃……也有可能会觉得我们是姐弟。”听语气他似乎对前一个说法不那么满意？觉得她还把他说老了？或许他更喜欢她说他比她还年轻？宋时壹赶紧换。

得，这下男人的脸色是完全沉下去了。

他沉着脸，道：“你婆婆可没有把女儿当媳妇的爱好。”

DISIZHANG

第四章

我什么时候说过不能在外人面前泄露我们的关系?

1.

“小叔叔，过了前面那个红绿灯，你就放我下车吧。”宋时壹抓着安全带，不知道为什么，只要顾延霆在旁边，她就有莫大的压力。

本来她是想坐公交车的，但顾延霆二话不说直接把她推进了副驾驶。她一路忧心忡忡地过来，离医院越近，她的身体越往下缩。到底还是担心路上有熟人看到她坐他的车，传出什么他不想传出的谣言，到时候倒霉的就是她了。

动静实在太大，顾延霆忍不住低头看了她一眼，心里顿时生出一股怒气，猛地踩下刹车，让缩在椅子上的宋时壹一不小心撞到额头。

即便她再迟钝，这时候也感觉到身边男人的不悦了。

宋时壹迟疑着开口："小叔叔？我该下车了哦！"

顾延霆像是没听到似的，把车子开得飞快，穿过了一个红绿灯，又一个红绿灯，最后，急刹停在医院停车场。

"下车。"

宋时壹还没从那可怕的速度里面回过神，男人冷漠的声音钻入耳中，她赶紧解了安全带，推开门下车，也顾不得有没有人看到，亦步亦趋地跟在男人身后。

"宋时壹！"进医院大门前，顾延霆猛地顿住脚步，回过头，含怒的声音直朝她刺了过来。

宋时壹没来得及刹住，直直撞上去，男人的背坚硬如铁，撞疼了她的鼻子，但她没敢伸手揉。

"在！"她并不是没有脾气，倘若不是因为留在南雅的决定权在他手中，她肯定早就跳起来反抗了……可是现在唯一能发泄情绪的只剩下话语，这会儿应他话的语气，并不怎么友好。

"撞疼了？"

可男人不知道是哪根筋又抽了，前一秒还凶巴巴的，这一秒语气竟又软下来，宋时壹不解地抬头望向他。

也是此时，她发现自己……还是太年轻！

男人的手直直落在她撞疼的鼻子上，轻捏着，语气很愉悦："嗯，没有撞歪，这鼻子看样子很真。"

宋时壹："……"

"走吧，去上班。"

男人捏了几下，仿若是失去了兴致，松了手，又转过身去，继续往前走，同时好听的男音徐徐钻入她的耳朵，他说："别老觉得别人会以为我们之间有什么关系，就你这样，别人想破脑袋，也不会把你和我老婆联系在一起。"

杀人犯法吗？如果不犯法，她想捅死眼前这男人！

进了医院，宋时壹还是和顾延霆分道扬镳。

顾延霆要去院长那儿商量点事，顺便把她调科室的申请提交上去。

而宋时壹嘛，就先让她去脑外科熟悉环境，至于人，她只要熟悉他就行了。

昨天还在心胸外科，今天就来了脑外科，人生，真是跌宕起伏！

站在脑外科办公室门口，看着挂着的门牌，宋时壹忍不住叹一句，然后抬起手，敲了敲门再推开走进去，带着一个作为后辈的礼貌。

“你……找谁？”

陌生的人总能引起关注，宋时壹甫一踏入脑外科的办公室，诸多目光就朝着她望过来。

“我是来见习的医学院的学生。”

“见习的学生？前几天不是已经都来报到了？也没听说少了谁没来啊！”

宋时壹有点后悔了，她不应该这么早进办公室的，她应该在外面等着顾延霆，等他带着她进来。此时这么多目光投在她身上，虽然没有恶意，但也让她觉得有些不适。

“顾医生，我刚刚去看了前几天动完手术的 19 床病人，他的状态非常好，他还拜托我，让我替他和你说一声谢谢。”

“不用，应该的。”

办公室门开着，外面的声音便传了进来，先是一个女孩叽叽喳喳的声音，然后是宋时壹熟悉的低沉磁性的男音，不卑不亢、不骄不躁，完美诠释了一个人的内在修养。

宋时壹备感亲切，在这么多陌生目光和陌生声音里，有她所熟悉的一个，这让她十分兴奋。

顾延霆走进来了，她几乎想也没想地就朝着他一个鞠躬：“顾医生。”

顾延霆被她这个鞠躬吓了一跳，道：“你怎么在这里？”

宋时壹在诸多陌生、疑惑、好奇的目光里低垂下头，有点难堪：“我……”

看她又耷拉下脑袋，顾延霆知道眼前的小姑娘误会了他话里的意思，耐心地解释：“我的意思是，让你先四处走走熟悉环境，然后去我的办公室等我，你怎么到了这里？”

他这一番解释让办公室里的其他人吃了一惊，他们有没有听错？一贯高冷傲娇的顾医生方才居然在对着一陌生小实习生解释一件微不足道的事情。

站在顾延霆身侧的女孩下意识地将目光投向宋时壹，脸上挂着和善的笑意，声音亦是柔柔的：“请问你是？”

“我……”

“她是来跟着我的见习生。”

宋时壹刚要开口，顾延霆已经抢先一步接话，而他的话让办公室里的人更加吃惊。

“顾医生，你不是说你不带见习生吗？”站在他身侧的女孩惊得直接喊了出来。

“我什么时候说过我不带？”顾延霆看也没看那女孩一眼，径直走到宋时壹面前，瞪着她，“走不走？”

“去哪儿？哦哦……”见他眼里染了不悦，宋时壹连忙收起满腹的疑问，小鸡啄米似的点头。

见宋时壹如此乖顺的样子，顾延霆幽深的瞳孔里划过一丝愉悦，很浅，几乎来不及捕捉就隐入了眼眸深处，他很快转过身，径直往外面走去，仿若一朵高岭之花，高不可攀，冷得彻底。

“以后没有我的允许，不要随便乱走。”出了脑外科办公室的门，顾延霆领着宋时壹回他的办公室。

“哦。”

宋时壹对于他这样的霸道自然是不满的，但看在方才他化解了她难堪的份上，她就不计较了。至于这话，她就听听，左耳朵进右耳朵出就行了。

“宋时壹。”男人忽而十分严肃地喊她一声。

“嗯？”宋时壹瞬间神经紧绷，“怎么了，小叔叔？”

“我刚刚的话，你别当作是开玩笑，一字一句的，全部都给我记进心里去了！要是……”要是你不记进心里，再乱跑，又随便消失个几年……

“要是什么？”他说到一半没继续往下说，勾起了宋时壹的好奇心，她睁着圆圆的眸子一眨不眨地看着他。

“要是敢再随便乱跑，看我怎么收拾你！”顾延霆收起思绪，面无表情地撂下威胁。

宋时壹……可不可以让时间倒流，当她没问过？

2.

“爸，顾医生不是说过他不带见习生吗？那……那刚刚出现在脑外科的那个女实习生是怎么回事？为什么顾医生说她是他带的见习生？！”

南雅医院院长办公室里，之前跑来找顾延霆的女孩正大发脾气，她是这一次从南中大学医学院分配到南雅医院见习的大四学生，也是南雅医院院长的独生女——南芙。

“这不是有特殊情况嘛！”院长看上去一头包的样子。

“什么特殊情况？爸，我可是你的女儿，院长的女儿都没有享受特殊待遇，没法跟着顾医生做他的见习生，那女生怎么能被特别对待？爸……她该不会……该不会是你在外面的私生女吧！”

“胡闹！芙儿，你乱七八糟说什么？”院长被南芙口无遮拦的话气得大拍桌子。

“我哪里有乱说……”南芙见父亲生气了，心里有些怯怯的，但一想到方才顾延霆说的话，想到别的女生可以跟着他做他的见习生，就一肚子火，“那到底是为什么吗？”

“是顾医生自己要求的。”

“顾医生要求的？”南芙一惊，“他们是什么关系？”

现在想起来，顾延霆方才的话，确实不像是对陌生人说的。不过，他的语气也说不上多好，语气不好，却又让那个女生做他的见习生，他们之间是什么关系？南芙心里一下子跟小猫挠似的。

“这个我就不清楚了，反正是顾医生自己要求带那个见习生的。”

“爸，那你能不能让顾医生也带带我？”

“上一次不是帮你问过，人家拒绝了！”

“上一次是上一次，这回你再帮我问问嘛，万一可以呢！毕竟已经开了一个先例了呀！”南芙朝父亲靠过去，缠上他的胳膊，撒娇，“爸，好不好吗？”

“非要做他的见习生做什么？你现在在脑外科，和他一块儿工作，这样不也挺好的。”

“不好，一点也不好。”南芙摇头，“不是他的见习生，我不能时时刻刻跟他待在一块儿，很多问题我也没法请教他。每次找他求教，他都要把我塞给别的医生……爸，我是真的很喜欢顾医生，而且你不是也挺欣赏他的吗？难道你就不想要他和你的宝贝女儿关系更进一步，让他做你的女婿？”南芙大胆地将自己那点心思说了出来。

“芙儿，你一个女孩子家能不能矜持点？”院长听了自己女儿这么大胆的倾诉，觉得头简直要爆炸了。

“爸，幸福是靠自己争取的，你就帮帮我，回头我就能给你带一个好女婿回家了！”

“好了，好了，我再去帮你问问看。”

“谢谢爸。”南芙喜笑颜开，离开院长办公室的时候，不由得多嘱咐了一句，“爸爸，他实在不愿意答应，你就用点权压压他，你好歹也是一院之长，老是被他牵制，也太不像话了！”

“你懂什么！”院长听到这话，脸色变了变，忍不住呵斥了一声。

南芙吐了吐舌头，走了。

半天的相处下来，宋时壹不得不承认顾延霆颠覆了她之前对他的看法，至少在工作这一块，他的确是一个很好很负责的医生，同时也是一个非常好的老师。

早上他简明扼要地给她讲了一些脑外科的工作注意事项后，就带着她开始每日例行的查房。每一个经过他手的病人的病情他都记得十分精准，几乎不需要看之前的记录；对病人后期的恢复情况，他也很关心，他非常详细严谨地询问病人的术后感受，是否有哪里不适，嘱咐有什么事情第一时间联系他。

每查一个病人，他都会耐心地和她讲相关临床知识，让她一一记录，还会问她有没有什么不懂的地方需要他再详细讲解。

工作时候的他真的和平时一点也不一样，整个人散发出一种让人无法抵抗的魅力。

于是，这半天下来宋时壹收获颇多，很多没有记牢的知识点都在实践中得以巩固，当然也很累，跟着这么一个认真负责的老师，远远比在学校里啃那些理论知识和做实验要累得多。

“呼……”

中午，一到休息时间，宋时壹整个就瘫软在沙发上。一上午没有坐着的机会，太累，太累了！

宋时壹又抬眼瞄着跟在后面进来的顾延霆，他仿若一点事都没有，眉宇间没有一丝疲惫，整个人看起来清爽又闲适。

“小叔叔，你不累吗？”宋时壹忍不住问。

“还好。”顾延霆不动声色地拿起杯子，去饮水机那边倒了一杯温水递给她，“喝水。”

“哦。”宋时壹的确有点儿口渴了，下意识地就去接。但目光落在他手中的杯子上，伸出去的手立刻缩了回来。她仰起头，对他干干地笑，“那个，我不是很渴，小叔叔你自己喝吧。”

“这是我的杯子。”顾延霆以为她嫌脏，特意强调。

“嗯，我知道！”就是因为是他的杯子，她才不喝的呀！拿他的杯子喝水，那不是间接接吻了。

“所以你在嫌弃我？”

“咳咳，没有，没有！”宋时壹没想到男人会直接点破，惊得被自己的口水呛到，“我是怕你嫌弃我。”

“嗯，确实嫌弃你。”

“所以……”

“这个杯子给你喝过水之后，我不打算再喝……”

宋时壹：算你狠！

3.

下了班，宋时壹想先去心胸外科看看妈妈，而这也需要和顾延霆说一声。

她在心里默默感叹，自己如今和囚犯没什么两样了。

“小叔叔。”宋时壹边将身上的白大褂脱下挂在架子上，边瞄着站在不远处同样也在挂衣服的顾延霆，待他望过来时，她就将萦绕在心里的话说出来，“等一下我不和你一起回家了……”

顾延霆没接话，不过那定在她身上的眼神很明显地表示，他需要一个理由。

宋时壹赶紧接着道：“我想先去看看我妈，这几天忙见习，我都没过去看她。”

男人顿了几秒，随即迈开长腿朝着她走过来。

宋时壹屏气凝神，他却只是从她身边经过，走向了办公桌。

宋时壹反应过来，视线跟过去，只见他从办公桌里提出来一些东西，看上去是补品。

“走了。”

“哦，哦……”

他的话钻入耳中，宋时壹一下紧张得忘记问他是要干吗，只下意识按他的话去做，跟上他往外面走的脚步。

“小叔叔，你来心胸外科做什么？”一路跟着他走到熟悉的地方，宋时壹才觉得不对劲。

“不是说要看妈？”

“啊？是啊……但是你来做什么？”话不过大脑，脱口而出。

顾延霆顿住步子，微侧头，看着宋时壹：“你说呢？”

不等她反应过来，顾延霆已经推开门，走了进去。

宋时壹这才后知后觉：他们结婚了，她妈也是他妈，他跟着来看，是应当的。

不过，重点是他手上提着的礼盒……好像是他从办公桌那儿拿的，这是一早就准备好的？所以……就算她不提出要来看妈妈，他也会来？所以，他并不是一时兴起跟着她来，而是一早他就计划好要来？

宋时壹咬了咬唇，赶紧追进病房。

一进去就听到顾延霆对自家妈妈的嘘寒问暖，还歉意地表示上周就要来看她，但是他一连几个手术，等结束都是晚上了，怕老人家休息了云云。

总之，这样子的顾延霆一点都不像她认识的样子……宋时壹歪了歪嘴角，总觉得最近不是她见了鬼就是他撞了鬼。

宋妈妈显然很喜欢他这个样子，一直喜笑颜开地和他聊天，完全忽略了宋时壹这个女儿。宋时壹有些气闷地撇嘴，在心里不断嘀咕：你都不知道这大尾巴狼的温柔都是装的，装的！

见他们聊得正起劲，宋时壹站起身往病房外走，反正她在这病房里没什么存在感，还不如出去走一走，和这边的医生、护士多沟通搞好关系。

“学长？”不料，一拉开病房门，她就看到秦勤，“学长，你今天值班吗？”

“没……”秦勤看到宋时壹也有些吃惊，不过很快就恢复过来，“我今天不值班，是打算来看看伯母，然后就下班。”

稍一扭头，就看到病房里正和宋母聊天的顾延霆，秦勤想起上次在食堂发生的事，将宋时壹往外扯了扯：“壹壹，你和顾医生认识？昨天……”

秦勤话还没说完，就感觉到一道冷冽的目光落在自己身上。

“顾……顾医生？”秦勤看到迎面走来的顾延霆，说话都开始结巴了。

宋时壹转过头看到顾延霆，只觉很奇怪，他刚刚和母亲说话的时候笑得那么温和亲切，怎么一眨眼工夫就面无表情了？

看着他走到自己身边，宋时壹开始莫名紧张，但他竟然连停顿都没有就走掉了。

宋时壹下意识地就要追上去，猛然想起后面还有一个秦勤，忙掉转头冲他尴尬地笑笑：“我怎么可能认识顾医生，昨天在食堂是顾医生他认错人了。”

前方，某人身子一僵，而宋时壹丝毫未察觉，继续对秦勤说：“然后因为顾医生认错人，我走了运，得到一个机会，能跟在他身边在脑外科见习！他刚刚是出于礼貌，陪我下来看下我妈。”

宋时壹情急之下也不知道自己胡诌了些什么，慌慌张张地跟秦勤告别：“学长我先走啦，以后再来找你玩啊！”

三言两语扯完谎，宋时壹冲病房里的妈妈挥挥手：“妈，我先走了，明天再来看你！”然后赶紧朝顾延霆离开的方向追过去。

一头雾水的秦勤摇摇头，叹着气也离开了。

“小叔叔！”

顾延霆腿长，她以为自己是追不上他了，不料走过长廊就见到他杵在拐角处不动，看样子……是在等她?

她不敢多想，赶紧跑过去："小叔叔，你怎么说走就走啦？"

对方没有回应，仿若将她视为空气。宋时壹不知道自己又在哪里犯了错，又或者这个男人根本就是这个样子，动不动就生气，喜怒无常的。

不过，说他这会儿是在生气吧，又不像，他仅仅是绷着一张脸，大多数时候的他不都是这个样子，冷若冰霜、生人勿近的！

可，要说他没生气吧，更不像了。宋时壹总觉得他周身气氛不对，不过，具体哪里不对，她又说不上来。

总之，她要讨好他这个事是准没错的。她时刻谨记，她的"小命"现在由他把控。

"我和你很熟？"顾延霆终于开口，声音里充满了冷淡。

"啊？"莫名的一句话让宋时壹摸不着头脑，她愣愣地望着他。

"你刚刚不是说我认错人？"顾延霆没看宋时壹，将双手插入裤袋。他必须这么做，否则他怕自己会忍不住将这个和别的男人相谈甚欢却解释和自己不认识的女人掐死。

宋时壹自然不知道顾延霆内心的各种波澜，但她还是听明白了，这男人八成是听到她和秦勤的对话后不爽，要跟她发难了。

“哎呀！小叔叔，我们哪里不熟了，我们明明很熟的，我们可是夫妻啊！夫妻之间都不熟了，那这世界上谁和谁还熟！”她满嘴跑着火车，生怕真的惹怒了他就给自己断了生路。至于他为什么不爽，她可压根没敢往吃醋上面想，“我刚刚和学长那么解释，是谨遵你之前的意思，不在外人面前泄露我们的关系……”

“我什么时候说过不能在外人面前泄露我们的关系？”男人打断她，扭身朝她凉凉瞥过来一眼。

“啊！”

宋时壹顿时就蒙了，他……这是什么意思？她该怎么理解？

“叮！”电梯来了，顾延霆走了进去，宋时壹无暇多想也迷迷糊糊地跟着进去。

下班高峰，电梯里本来站了些人，在他们进了电梯之后，又从走廊那边跑进来几个人。她被挤着往里走，推搡间，恍惚有人拉住了她领着她走。等回过神她已被拉至电梯角落，背靠着墙一抬眼就看到顾延霆，他长身玉立地站在她面前，他比她高太多，倘若不仰头，她的目光只及他宽阔胸膛上方一点。

她定定地望着镇定地站在她身前用后背挡住人流的顾延霆，陡然生出一种错觉，仿若这一片空地是他为她开辟出来的，他用身躯包裹着她、守护着她……

一出电梯，他就撇开她自顾自大跨步离开，她撇撇嘴，暗嘲自己：就知道是自己瞎想了……

4.

这一晚，宋时壹翻来覆去就是睡不着，她总是想起傍晚发生的事情——想起顾延霆莫名生出的怒气，想起进电梯前他说的那一句话，还有拥挤的电梯里被他拉住的手、从另一只手上传过来的温度，以及他站在她面前，面无表情却仿若守护神一般的样子……

“啊，真是要疯了！”

在柔软的大床上翻了一个滚，宋时壹懊恼地抬手捶了捶脑袋，然后闭上眼睛，命令自己入睡，不准再想下去。

嗯，她怎么可以浪费时间来想别的男人？不能的！就算要想，也只能想陆随，想陆随的样子，想和陆随在一起的美好，想怎样才能最快查清楚当年陆随的死因……

可，思绪又哪里是那么容易控制的？

越不让想，偏偏越想。

失眠的后果就是第二天早上没法准时醒过来。

有人在敲她的门，喊她起床。

宋时壹迷迷糊糊睁开眼，入目的却是昨晚让她失眠的那张脸。

起初，她还没啥反应，以为是幻觉或者在做梦，直到顾延霆开口：“你还要不要去上班了？”

宋时壹猛地清醒过来，一下翻坐起来，一双大眼震惊地瞪着站在床边的高大男人：“你……你怎么进来的？”她晚上明明都有锁门的。

“给你十分钟，收拾好出来吃早餐。”顾延霆见宋时壹紧抱被子，一脸防狼的表情，眼中划过一丝暗芒。他抬起左手，沉沉目光落下去，看了看腕表上面的时间，然后扔下一句话，转身出了门。

这冷漠的模样，任谁也不会将他与方才站在床边唤人起床的那个男人联系在一块儿。

宋时壹愤愤望着顾延霆的身影消失在门后，伸手去够摆在床头柜上的手机，看了眼上面的时间，立马跳下床，换衣服，洗漱。不消十分钟，她就收拾好了，出去吃早餐，意外的是，顾延霆竟然还坐在那里等着她。

用他的话来说，反正是要等她一起去上班，那么早餐早吃晚吃没差别。

他这话说出来，宋时壹只好咽下了让他不要等、分开去上班的借口。

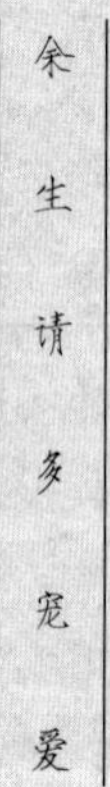
余生请多宠爱

DIWUZHANG

第五章

要死了，她居然和顾延霆接吻了！

1.

一周的见习时间不过转眼就过去了。

这一个星期以来，宋时壹就跟顾延霆的跟屁虫似的，每天他去哪里她就跟到哪里。不过见习生嘛，本来也就是这样，每天要跟着带自己的医生一块儿忙进忙出，学习知识，再加上他们私下又是夫妻，住在一块儿，每天下班也就一起走。这也真真是应了宋时壹那日求着要留在南雅时和他说的理由。

这情况让宋时壹无比苦恼，因她根本抽不出一点时间去做调查。

“唉！”中午休息时间，宋时壹趴在办公桌上，第N次想起自己如今的处境，连连叹气。

“叹什么气？”

她叹气声刚落，就听到顾延霆的声音。

宋时壹连忙坐直身子，望向从门口走进来的男人，结结巴巴道：“你怎么走路都没有声音？”

“是你走神太厉害。”

“呃……”这话她没法反驳，她眨眨眼，想起什么，“你不是去开会了吗？怎么这么快就回来了？你们开会说什么了呀？”出于好奇，她多问了一句，但刚问完，她就敏锐地感觉到屋子里气氛不对，有点冷，她双手抱了下自己，再试探着道，“是不能问吗？”

顾延霆想起刚刚会上说的事情，心里的烦躁升级，他抬手揉了揉眉心，在沙发上坐下，又对宋时壹招了招手：“过来。”

那样子真像是在召唤阿猫阿狗，宋时壹特别不想过去，但男人的眼神微微有点变化，她就软了骨气，起身朝他那边走去。

“怎么了？”她站到他面前。

“我明天要出差。”顾延霆抬眼看了看站在面前的人，而后似不经意般伸手，将她拉到自己身边坐下。

忽然被男人拉住手，又被他拉到身边紧靠着坐下，宋时壹震惊不已，好久才回过神来。他刚刚说了什么？

“你要出差？”她不确定地追问一遍。当然，这时候，她显然对他的出差更感兴趣，要知道他一出差，她就自由了！

“你好像很高兴？”顾延霆危险地眯起双眸。

“没，没，没！”这是他不高兴的前奏，宋时壹赶紧摇头，违心道，“我怎么会高兴，天知道我多不想你出差，你一出差，我早上就没早餐吃，没豪车坐，在医院也没人带我……”

“这么需要我？”这话如春风拂来，霎时柔和了顾延霆的眼角眉梢。

“嗯，嗯，嗯。”宋时壹为求逼真，重重点头。

“既然你这么需要我，那我勉强和院长提一提，明天让别的医生过去。”

“啊！”宋时壹点头的动作遽然僵住。

“别啊！”见男人眉心一拧，她顿时察觉自己太激动，于是放慢语速，“千万别。医院既然派了你去，就说明只有你可以，怎么能让别的人替你去呢？”

顾延霆：“只是一个小小的医学研讨会。”

“虽然是小小的研讨会，但肯定也有它的价值，而且这是工作哎，你不是一向都对工作很认真吗？怎么这次上头分下来任务，你就不想去了呢？”

她一口气说完，顾延霆并没有什么表示，眼神都没投过来一下，只是长指一下一下轻敲桌面。

“小叔叔？”见顾延霆没说话，宋时壹喊他。

“我要去一个星期。”顾延霆默了默。

“嗯，嗯！”一个星期好啊，他走一个星期，她可以做好多事情了。一定要去，要说服他去！宋时壹心中的喜悦已经在翻滚，但面上还是努力保持着平静的样子。

“这意味着你一个星期吃不到我做的早餐，一个星期不能坐我的车上下班，还有，一个星期没有人带你，这样你还要我去？”女孩无动于衷的模样落入顾延霆眼中，他嗓音转沉，低声强调。

“嗯，嗯！”宋时壹却压根没听出来他话里的情绪，此刻她满脑子都想着他要离开的事，她点点头无比善解人意地回答，“早餐我可以到外面买来吃，上下班我可以坐公交车或打的嘛，医院这边，你不在的一个星期我努力自学，争取等你回来更上一层楼！”

顾延霆现在已经明显感受到她心底的雀跃，离开他，她就这么欣喜吗？！刚刚还说不想他去出差，可此刻，她说的哪一个字不是在表达她不需要他，赶紧有多远滚多远……有一股怒意在他胸腔翻腾，幽深眸子中渐渐蕴满寒气："宋时壹。"

"嗯？"

"不是演员就不要演戏。"

"啊？"

宋时壹本还等着他夸她，有这么明事理的老婆简直不要太赞……可一抬头却落入一双充斥着怒意和冷意的眸，她登时吓得噤了声。

顾延霆紧了紧拳头，带着满身的怒意直接甩门离去。

看着他消失在门口的背影，宋时壹一阵莫名其妙。不过，管他呢，她马上就要获得自由了，实在是太让人开心了！

2.

中午莫名不欢而散后，宋时壹和顾延霆之间就陷入超低气压，准确来说，是他单方面地对她。一整个下午过去，直到回到家，他还是冷着一张脸，活像谁欠了他几千万。

宋时壹不敢招惹这样子的顾延霆，沉默而快速地吃完晚餐就躲去洗澡。再出来时，恰见客房门开着，他弓着高大的身躯低头在里面整理东西，她心中一动，走过去：“小叔叔，你在准备明天出差要带的行李吗？我来帮……”

“出去。”

显然这男人比她想象中更难哄，她才走进客房，他立马扔给她冷漠俩字。

宋时壹有些无措，站在那里，不敢走进去却也不想退。

“听不懂吗？”男人察觉到宋时壹还没走，便朝她望过来，那眼神吓得宋时壹小腿发软。

虽然这时候她很想扭头就逃，但是不知为何却朝他走近了几步，她在顾延霆身边蹲下，脸上挂着笑，尽管看起来比哭还难看：“小叔叔，不管你是为什么生气，这行李还是我来给你收拾吧，你一个男人怎么做得好整理这些……”视线落在箱子里几套折叠整齐的衣服上时，她的声音顿了顿，“呃，小叔叔你还整理得挺好的哈，不过，就算你自己整理得好，现在也让我来吧，我不是你的妻子嘛，这些事情理应我来做。”

她是自然而然地说出来的，自己也并未意识到话语里有什么不对，不过一说完，她立刻感觉到对面本来冷若冰霜的目光在逐渐变化。

空气似乎一寸一寸地热起来，连带着她的鼻息，每呼出来一口气，她都感觉到热，越来越热。

“小叔叔，还是你自己来吧……”

宋时壹有些顶不住了，她扔下一句话，就急急站起身子要离开，但手却被拉住了……

一切都发生在分秒之间，顾延霆拉住她的手稍一用力，她就随着这个力道扑入了他的怀里，四目相对，鼻尖相抵，双唇相贴……

时间仿若被按了暂停键，在此刻被定格……

再次运转，是在眼前的男人闭上眼睛，是在她感觉到唇被人吻住的那刻。她感觉到唇瓣被咬开，有什么在她口腔里划过、嬉戏，每一寸都没放过，每一寸都被占领，霸道、强势、彻底……

按亮手机屏幕，上面显示时间 23 点 40 分，距离她和顾延霆接吻已经过去四个小时，可……宋时壹从被窝里伸出另一只手，摸上自己的唇瓣，怎么感觉上面还留有那种柔软的触电般的感觉，口腔里好像也还有他的气息，明明已经刷好几遍牙了……

她叹口气，又翻了个身，一巴掌拍在脑门上——要死了，她居然和顾延霆接吻了。

虽然追根溯源，那个吻是他主动挑起来的，但是……为什么呢？

男人绝对不会是因为对她有什么感觉才吻她！一定是那个时候的气氛太过暧昧了，那时她摔下去，嘴巴都贴上了他的，换句话说，是送上门的食物，他再怎么清心寡欲也忍不住尝一尝……宋时壹想起来，被松开的时候，她全身发软、大脑空白、脸颊通红、呼吸急促，像是缺氧的感觉，反观他，面色平静，一点没有刚刚热吻完的样子，他甚至没感觉尴尬，直接丢下一句“收拾好我的行李”，就出去了。

对于这些，宋时壹倒是有点生气的，他之前不是还冷着一张脸说让她出去！不是不需要她给他整理行李吗？怎么又要她给整理了？！

“性格古怪！神经病！”

第二天，宋时壹从床上爬起来的时候，顾延霆已经走了。

哼，走了都不和她说一声！

宋时壹坐在餐桌旁，扯咬着自己做的面包，环视空荡荡的屋子，有些愤然，更多的是失落，只是这种情绪的起源连她自己都弄不清楚。

到了医院以后，自由的喜悦就冲淡了之前的那些不愉快。

一整天她都想尽办法泡在心胸外科，一天下来，她和心胸外科的许多护士姐姐都混了个脸熟，甚至有的还成了微信好友。

她离陆随死亡的真相又近了一步，计划顺利的话，假以时日，她就可以在和这些护士聊深层八卦时，试着套她们的话，看是否有人记得三年前陆随的那一台手术，以及参与那台手术的医生。

3.

夜幕降临，宋时壹意犹未尽地从医院出来准备回家时，包里的电话响了。

她隐约感觉到心跳快了一拍，莫名地还有点胀满，仿若之前一直就在等待着什么。

她迅速地从包里掏出手机，当看清楚来电备注时，那股欣喜随即被浇灭，不是顾延霆，而是他妈妈。

缓慢地划过接听键，接听。

“妈……”宋时壹敛起眼中浮动的情绪，轻唤那边的人。

“时壹啊，下班了吗？延霆和你在一起吗？”

“延霆？延霆他没和我在一块儿，他今天去海城出差去了，您不知道吗……哦，吃饭？妈，我也有点事要忙，等他回来了，我们再一道过来。”

顾母却执意让她过去吃饭，说如果她不过去，自己就和顾爸一起过来……

没办法，宋时壹只得同意了。同时也因为顾母言语里透露的关切，让她觉得心里暖暖的。说起来，顾延霆的父母对她挺好的。

不过这么好的原因是什么？宋时壹坐在去老宅的车子上，不由得恶趣味地想，大概是因为她一个如花美少女愿意拯救一个大龄未婚男青年吧。

到达老宅的时候，顾母刚好把晚餐摆上桌。

顾家是大家，北市第一豪门，老宅很大，家里也请了很多用人，但大多时候做饭这些家务都是顾母亲力亲为。老爷子爱吃她做的东西，她也觉得为家人做饭是一件美好的事，所以除非和老爷子闹了什么矛盾，她才会做甩手掌柜，不管饭。

等宋时壹一到，顾家就开饭了，席间你来我往地问候还挺温馨。

吃到一半的时候，外面急急忙忙跑进来一个用人，喊着：“老爷、夫人，二少爷回来了……”

还不待宋时壹反应这二少爷是何许人，紧跟着就风尘仆仆地走进来一人，身材高大、长相俊美，和顾延霆有几分相像。

“爸、妈。”他一跨进家门，就朗声高喊坐于餐桌主位上的二老。

“顾延城？”

他声音刚落，一道柔软女声紧跟着响起，喊的是他的名字。

顾延城讶异挑眉，朝那声源处望去。

这一望可不得了，他看到了谁？宋家丫头！

顾延城一眼就认了出来。小时候玩得太熟，他又对她有那么一点说不清道不明的情愫，就算是多年未见，就算是长大变了些模样，却也能一眼认出。

“宋时壹！”他有些激动。

“唔，你放……放开我！”被顾延城大力抱住的时候，宋时壹是崩溃的，她抬手捶顾延城的后背，艰难地喊他放开。

“你怎么在这儿？这么多年你死到哪里去了？”顾延城也知道自己太激动，抱得她似乎有点喘不过气，松开她后目光依旧锁着她。

“我……”

不待宋时壹开口，主位上被震得半天说不出话来的二老终于缓过来，威严地开口：“延城，你不要对大嫂无理。”

“大嫂？”顾延城大脑直接宕机，不敢相信地望向老爷子，“爸，你刚刚说什么？”

“延城，虽然你和时壹从小一块儿长大，彼此很熟，但还是要正式给你介绍一下她。这一次喊你回来，主要也是为这事。时壹嫁给你哥了，现在的身份是你大嫂，往后你可不能像小时候那样闹她，在她面前没大没小，要喊大嫂，要尊敬她！”

顾延城惊得好半天回不过神，只觉晴天霹雳。

“延城，你要喊我大嫂哦！”某人还很没有眼力见儿地凑过来。

顾延城望着自家父母，声音冷淡了下来：“早知道回来是为了说这事，我就不回来了！”

他缓不过来，怎么都不能接受他找了这么久的女孩竟然成了他的大嫂。他憋着一股气将视线转向她，她居然冲他笑，还敢给他笑！

顾延城一时怒火蹿起，不管不顾地就扯着宋时壹往外面跑。

“顾延城！”

刚回家的二儿子牵着大儿媳跑了，顾老爷子和顾母同时蒙了。等他们回过神，宋时壹已经被顾延城推上车给带走了。

4.

“顾延城，你干吗？”

被塞进车的宋时壹更是一头雾水，她不明白顾延城的怒火是从何而来，还是他们顾家这一代都是动不动就生气的？

“别叫唤。”顾延城皱眉朝宋时壹回瞪过去。

“你搞清楚了，顾延城，我现在是你大嫂！刚刚没听爸妈说吗，你要尊敬我！”

对顾延霆和顾延城两兄弟，宋时壹完全不是一个态度。对顾延霆，她是畏惧的，这会儿车上倘若是换了他，她绝对吓得大气都不敢出；但这人是顾延城，她可是从小和他闹到大的，小时候暗地里也没少打过架，后来也打出了阶级感情……

“大嫂你妹！”顾延城听宋时壹一口一个大嫂，当即爆了粗口。

“喂，好好说话啊！”宋时壹一副长辈教育晚辈的架势，“延城，听话，把车开回去，爸妈还等着我们吃饭呢。要叙旧什么的，等回头有时间了我们再叙啊！”

“谁有心思跟你叙旧！”

这一声延城让他火上浇油，宋时壹从来都是连名带姓地叫他，之前他确实盼着她能这样叫他，但如今看她俨然一副长辈叫晚辈的样子，他心里怄得不行。他怎么都想不明白，怎么自己看上的女孩，多年不见一摇身就变成了自己的大嫂？

“你不叙旧那拉我出来干吗？你今天怎么这么大火气？”宋时

壹意识到顾延城有点不对头，她望着他，眼里有深深的疑惑浮动。

顾延城猛然把车子停在路边，扭头，目光紧攫住宋时壹："你和我哥怎么回事？你干吗嫁给他？"

"就是嫁人啊，哪里来的那么多为什么！"宋时壹没料到顾延城会这么问，心一颤，她忽然想到那个人，那个出个差就跟失了踪似的男人，一整天别说电话没给她打一个，就连信息都没一条。

"我哥比你大那么多，你居然下得去手，宋时壹，你口味也太重了吧！"

"顾延城你找揍是不是，你哥哪里老了，他那是成熟，成熟你懂不懂？他看起来比你年轻好看多了，你跟你哥站在一块儿，简直被秒成渣渣！"宋时壹听到顾延城说顾延霆老，怒了，噼里啪啦地对着顾延城一阵暴吼。吼完自己也感觉哪儿不对，心虚地摸了摸鼻子，把脸扭到一边不再搭理他。

"得，宋时壹你这是有多爱我哥啊！我才说了几句，你就爆粗，这么护着他！"顾延城见她暴走，脸色冷下去，他睨着她，阴阳怪气地开口。

宋时壹心一沉，为自己对顾延霆莫名其妙的维护，也为这点心思被顾延城毫不留情地戳破。她不断提醒自己，刚刚出言相护，不过因为顾延霆是她的丈夫，哪怕只是名义上的。

气氛依旧尴尬而沉默，宋时壹不敢回头，顾延城一直盯着她的侧脸，等了许久才出声。

“宋时壹，我喜欢你信不信？”他的语气平缓安静。

这句话犹如炸响在平地上的惊雷，宋时壹扭过头惊悚地望着他：“顾延城，你没发烧吧？”

顾延城没有回答，但落在她脸上的目光看起来太过认真，她心里有点发慌。

看她脸上极其丰富的表情，顾延城心里“咯噔”一下，明白了这份感情真的只是自己这些年的一厢情愿，他松了松语气，笑：“逗你玩的。”

一见顾延城露出熟悉的痞痞的模样，宋时壹松了一口气，就知道他没什么正经的时候。她拍着胸口道：“什么玩笑不好开，你真是吓死我了。”

“就算……我喜欢你不也没办法了，我可不喜欢吃窝边草，难不成你想看到我跟我哥抢人？”

宋时壹没好气地白他一眼，当他还在开玩笑：“抢，你也抢不过他。”

顾延城拉长尾音，轻轻“哦”了一声，稍稍避开了她的眼神，不想让她窥见他眼中的黯然。

“我们回去吧，爸妈还等着我们呢！”顾延城突然安静下来，让宋时壹多少有点不习惯，她清了清嗓子，重提旧话。

“着什么急！”顾延城睁开眼，已经恢复昔日吊儿郎当的模样，“我们都出来了，不去转一转再回去，多亏。”

“可……”

“别可是了，听我的。”顾延城眉眼飞扬起来，“走，哥带你去玩有意思的！”

“顾延城，喊嫂嫂！”

顾延城带宋时壹去的居然是游乐园。

不过，宋时壹倒也不排斥，这里有他们小时候的回忆。

是工作日，又是夜场，来游乐园的人并不是很多，很多项目不需要排队，他们玩得很嗨。一圈玩下来，两人都有点累了，两人找了个地方休息，吃吃东西。

趁着这空当，顾延城打开手机，要拉着宋时壹玩自拍。

“来来来，小壹，我们一起拍一张！”

“丑拒。”

刚刚坐完海盗船，宋时壹头发给吹乱了，气色也不是很好，对于拍照她是完全拒绝的。

“哎，小壹，这可是我们一别八年后重逢的第一天，不拍张照纪念一下怎么行！我不嫌弃你丑，来来来，茄子！”

顾延城拽着她一定要拍，没办法，宋时壹只得赶紧扒拉扒拉头发坐直了露出一个温和的微笑。

闪光灯咔嚓闪过，照片出来效果还挺不错，宋时壹觉得挺满意的：“把照片发给我。”

“行啊！”顾延城愉快应下，“把你微信给我扫一扫，我给你发微信上。”

“好。”宋时壹依言而行。

两人加了好友之后，顾延城立马把照片发给宋时壹，还附带了一张。

“我天，这……这……”是他们小时候一起拍的照片，宋时壹看到后十分震惊，“你怎么还有这张照片？”

“不止有这个呢，还有你没穿裤子的。”顾延城戏谑地说。

闻言，宋时壹犹如爹毛的老虎去抢他手中的手机，太丢脸了，那些照片可不是作为童年的美好记忆而存在的。要是他哪天不小心发出去，那她还要不要在顾延霆面前活……

顾延城抵不过宋时壹的蛮横，被她抢去了手机，又被威胁地给了她密码。

宋时壹头大地仔细翻看顾延城的手机相册，却并没有看到他说的什么小时候的照片。她明白过来他是在闹着她玩，气闷地把手机扔还给他。再看看刚刚的合照，越看越觉得还不错，喜滋滋地发了个朋友圈。

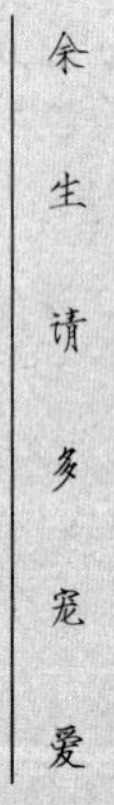
余生请多宠爱

DILIUZHANG

第六章

昨晚只是怕你把爸妈他们吵醒，宋时壹，我还没那么饥不择食。

1.

海城。

海城大酒店的豪华套房里，顾延霆刚刚洗完澡出来，就听到手机响，很特殊的提示音。

上一次从宋时壹那儿知道有朋友圈那东西后，他特意设置的软件提醒音。只要宋时壹更新朋友圈，这个软件就会探测到，继而传送消息到他手机上，提醒他查看。

顾延霆摸出手机，进微信刷新朋友圈，他微信上就宋时壹一个人，一刷朋友圈全是她的消息。顾延霆发现他的小女孩还挺喜欢用这东西的，时不时能看见她发一些自己的照片。在这里，他就会看见一个不一样的她，搞怪、可爱、性感、娇羞，千姿百态，他都很喜欢。

不过，后来当他知道，她的微信好友不仅仅只有他一个人，她的朋友圈也不仅仅只对他可见，她发的那些照片很多人都见过，他杀人的心都有了。

当然，此刻他看到她刚刚发布的最新消息，也很想杀人——

照片上除了她之外还有另外一个人，那个人他不陌生——他亲弟弟。他记性也很好，往前数很多年，这亲弟弟当着他面垂涎过他老婆。

……

顾延霆冷着脸，白皙修长的手指在屏幕上重重点了几下后扔了手机，起身去换衣服。

晚饭没吃就被拖出来，宋时壹这时候已经饿惨了，拖着顾延城就去吃烧烤，一个人吃得格外欢。

顾延城看着她，越看心里越堵得慌，低头就抓过她的手机在手里把玩，这时候她的朋友圈有新消息回复，一条来自 GS 的评论，内容是“呵呵”。这人有点奇怪，他顺手点进 GS 的资料，除了一个昵称其余全都一片空白。

出于好奇，顾延城问：“小壹壹，这个 GS 是谁啊？”

一看自己手机落到顾延城手里，宋时壹不高兴了，伸手过去抢：“顾延城，你别侵犯我隐私！”

“问你 GS 是谁？”顾延城长臂一伸，直接举高手机，追问。

“什么 S？”宋时壹并没有听清他说啥，一头雾水。

“这个 GS 是谁？”顾延城将手机拿到她面前，指着 GS 发布的那一条评论给她看。

GS？ GS！我的天！宋时壹整个人都蒙了……如果她没记错的话，这个人……好像是顾延霆啊！他怎么会玩微信？还来评论她的朋友圈？还给她留那么诡异的“呵呵”……这简直就是一部恐怖片啊！

“宋时壹，问你话呢！”顾延城看她脸色不对的样子，也紧张地凑过去。

“你哥。”宋时壹艰难地吐出两个字。

顾延城脸色变了变，将手机扔还给宋时壹，又是那阴阳怪气的语调：“看样子他是吃醋了啊……”

“毛病吧……”宋时壹横了他一眼，也没心情继续吃了，拉着他要回去。

尽管她不觉得顾延霆会吃醋，可心里还是莫名发憷。再说，出来这么久，不知情的公婆还不知道急成什么样子了，她也需要回去跟他们做出一个合理的解释了。

好不容易应付过去，虽然顾母不大相信她和老朋友相见兴奋得有点失控的说法，但是终归还是没继续追究。

因为太晚，顾母就留着她在老宅休息。老宅里是有她和顾延霆的房间的，只是他们从未留宿过。

本来今天在心胸外科折腾了一天，再加上顾延城晚上这一闹，宋时壹累极了，洗完澡倒在床上，就立刻睡着了。

半夜，她迷迷糊糊听到一些轻微的声响，蒙蒙眬眬地睁开眼睛，却看见黑暗中一道高大的身影，她下意识就要尖叫。

声音还未发出，她的唇就被人堵住了，熟悉的清冷气息铺天盖地而来，然后是激烈的辗转吮吸……

“呼吸。”

直到被提醒，宋时壹才猛然回神，张嘴大口呼吸。

“小叔叔，你怎么……怎么回来了？”等缓过来气，她惊讶地开口。

她被亲得声音喑哑，在深夜里格外诱人。

顾延霆双眸里灌进一些欲色，不过，在黑夜的遮掩下，宋时壹并没有察觉，她只听得一声低沉的回应："嗯。"

"嗯"是什么意思……这吻又是什么意思？宋时壹彻底蒙了，不过，她没敢继续问。

下一秒，她只感觉床垫往下一陷，顾延霆竟然掀开被子已经躺了下来，她有些惊恐地望着顾延霆。

"睡觉。"他的回答是一贯简洁。

"好吧，我知道你是睡觉，可你干吗睡我床上？"宋时壹紧张得寒毛都竖起来了。

顾延霆不答她，只兀自闭着眼安静地躺着。

看着他紧闭的浓密睫毛，这俊朗不凡的面容还是让她有些愣神。

"这也是我的床。"低沉的声音从一动不动的人那儿传来。

"我们之前……不是说好分床睡的吗？"他如今是要出尔反尔？宋时壹一阵毛骨悚然。

"顾夫人，你要搞清楚，这里不是我们家是老宅。"似是不想再就这个问题继续讨论下去，顾延霆朝女人伸出手，将她拉过来一把抱住，下巴抵在她的额头，声音霸道不容置喙，"困了，睡觉。"

确实是很困了，顾延霆从看到宋时壹的朋友圈之后，就直接去订回北市的航班，最早一班得等到早上七点，等不及，于是他直接连夜开车出发。从海城到北市再到老宅，用了整整七个小时，而且之前白天都在开会，就算铁打的人也会撑不住。再加上温香软玉在怀，更催睡意。

“哦。”

看顾延霆闭着眼睛不想再多说的样子，宋时壹就算是有一肚子好奇和紧张都咽了回去，她小心地蜷缩在男人宽大的怀抱里，一动也不敢动。

就这样，两个人依偎着，逐渐沉睡。

2.

早上宋时壹醒过来的时候，下意识地往头顶看去，已经没有了男人的身影。倘若不是浴室里面传来淋浴的声音，她会觉得昨晚的一切只是个梦。

“醒了。”

浴室里水声停了，顾延霆从里面走出来。宋时壹下意识抬头看他，只一眼便羞得低下头去。

这是她第一次仔细完整地看刚沐浴完的他，黑色的湿发还滴答着水，柔软地贴在额头，上半身赤裸，水珠顺着人鱼线往下滑，直没入腰腹浴巾之下。他好像脱去了高冷的外衣，整个人变得邪肆性感起来。

“咕……”一直不敢抬头的宋时壹好似听到自己吞咽口水的声音。

“害羞了？”低沉的嗓音里带着愉快的戏谑。

“哪……哪有！”已烧红脸的宋时壹强自镇定，但真的不敢再抬头多看一眼，赶紧从床上跳起来低头冲进洗手间。

关门，她靠在门上，抬手捂了捂胸口，却怎么也抑制不住那颗狂跳的心。

他抱着她睡了一夜，他在她面前衣冠不整，他……竟然言语调戏了她……

宋时壹走神地刷着牙，脑海里竟然浮现了一具肌肉紧实、肌理清晰的健壮身躯……

打住！她举起牙刷朝自己头上敲了几下，告诫自己：宋时壹，你别再瞎想了！

视线不经意向前，看到了镜子里面眼神迷离、面红耳赤的自己，宋时壹一怔，拧开水龙头，掬起一捧冷水就往脸上扑，来来回回好几次，才觉得脸上热度慢慢退去，人也清醒一点。

而后她赶紧走出洗手间，怕再待下去，又从镜子里看见一个像发情了一般的女人。

然而，她万万没想到，顾延霆竟堂而皇之地在卧室换衣服，褪去浴巾，全身上下只有一条内裤……

脸又开始烧起来，宋时壹赶紧闭着眼睛往门口冲，快出去，出去出去出去……

“走那么快做什么？”男人的声音自她身后传来，带着一丝满足的慵懒。

“我……我饿了，想去吃饭！”宋时壹脑中不由自主地浮现刚刚看到的一幕，她受惊似的抖了两下身子，结结巴巴地回话，说完就抬脚急切地往外跑，才跑出两步，一只手腕被人抓住，男人低沉的声音在头顶响起：“一分钟。”

她可以说不吗？可以吗？可以吗……一定不可以……

宋时壹认命地低垂着头，待顾延霆将衣服完全穿好，随他一同下楼。其间，她一直不敢抬起头来，怕看到他的脸，更怕浮想起他只着内裤的样子……

可顾延霆像是看穿了她的想法，不想让她好过，她不乐意看他，他偏偏送到她面前来让她看。

“宋时壹，抬头。”

余光里，他顿住往前走的步子，并回转过身体，一步步地走回到她面前。

阴影笼罩过来，宋时壹赶紧找借口：“小叔叔，爸妈还有延城他们应该都在楼下等着我们吃饭呢，我们快点下去吧。”说完，打算从男人身侧溜过去。

很可惜，没成功，手腕再一次被男人拽住。

“这句话该我问你，怎么了？为什么一直低着头不敢看我？”

接着，她的下巴被男人的指尖挑起，目光猝不及防对上他的，那一双幽深的瞳孔中，正荡漾着浅浅的疑惑。

“唔，我没有啊！”那幽深眸子也仿若有魔力，吸引着她的理智下坠，她赶紧移开目光。

“不要撒谎。”顾延霆的语气带着轻微的警告。

这女人只看了他一眼，之后目光就在游离，东看西看总之就是不落在他身上，他有这么入不得眼？顾延霆眉心间隆起一个小小的川字。

“我……好吧，是因为……”

“延霆？”顾母从楼下上来，正好看见小两口面对面站着，动作暧昧，顿时心里乐开了花，开心地迎上来。

宋时壹的心里像是有一万头羊驼疾驰而过……真的解释不清了……她其实想说的是能不能不要在她面前动不动就一副衣冠不整的样子……

“妈。”顾延霆开口。

“哎，儿子你不是出差去了？怎么回来了？什么时候回来的？”

“昨天晚上。”他回话。

“不是说要七天吗？这才一天吧？”

“嗯，等一下还要过去。”

宋时壹极其不自在地站在这一对母子身边，一边听着他们的对话，一边百无聊赖地掰着自己的手指头。忽然，感觉一道目光落在头上，下一秒就传来顾延霆的声音：“吃完饭收拾下行李。”

“嗯？怎么了？”她纳闷地扭头。

“等一下和我一起过去海城。”

宋时壹瞪圆眼睛：“为什么？”

“哪有那么多的为什么。”顾延霆没打算给她拒绝的机会。

“可是我还有工作，我……”

“你的工作难道不是跟着我学习？”宋时壹找着理由推拒，话还没说完，就被他一句话给堵了回来。

“我不……我不去。”宋时壹决定小小抗争一下，好不容易争取来的自由呢，才一天就要离她而去？不要！

“嗯？”这一个字里充满了威胁。

“好吧……”威武不能屈，贫贱不能移，自由不能丢，但为生命故，全部都可抛。就在他飞过来的凛冽眼神里，宋时壹缩了缩脖子，把拒绝的话全吞咽回肚子里。

顾延霆弯了弯嘴角，伸手摸了摸她的头。

宋时壹不乐意地偏过头，她觉得这跟摸一只狗没有什么区别，于是赌气地撇下他和顾母，气鼓鼓地往楼下走去。

顾延霆看着她的背影，柔和了眸色，抬步就要追上去。

这时在儿子和媳妇说话时自动开启隐身功能的顾母，一把拉住顾延霆笑眯眯地开口：“儿子，你大晚上的特意跑回来该不是为了接老婆的吧？”

“妈，你忽然把延城叫回来做什么？”对上自家母亲眼里闪耀着的八卦光芒，顾延霆不答反问。

“哦，这不是为了把你结婚了的事情告诉他，让他回来看看嫂子，顺便我们也催催他。”

“嗯，是该告诉他。”告诉他，宋时壹是谁的女人。

“哎，儿子，你还没回答妈的问题呢！”

“妈，你想太多了。”顾延霆头也不回地扔下一句。

“嘁，我想太多？明明就是。”看顾延霆这样子，顾母心里更是笃定了这门婚事没错，她儿子已经被小壹深深吸引了。哎哟，这离抱孙子铁定也不远了。

喜不自胜的顾母也跟着屁颠颠地往楼下走，她急着去告诉顾父这个好消息。

3.

一桌人各怀心事地吃完早餐，宋时壹收拾好行李，便随顾延霆去往机场，飞海城。

一路上宋时壹都是恹恹的，这自然没逃过顾延霆的眼睛。

正碰上一个亮着红灯的路口，顾延霆踩着刹车停下。

“哎，你干吗？”宋时壹一不留神被突然的刹车带着往前一撞，却没想到撞进一个宽大温暖的掌心里。

“没发烧。”男人的声音冷冷的，眼神里有些不明的意味。

宋时壹瞪了眼顾延霆，随即想起昨晚的吻，觉得有必要含蓄地提醒一下，他们两个要保持点距离。

“小叔叔。”

“嗯？”顾延霆重新启动车子，轻应一声，拉长的尾音懒懒的，让宋时壹的心跳毫无防备地漏了一拍。

她深呼吸，调整好情绪，开口：“昨晚……昨晚……”

她尽量想要摆出一副公事公办的严肃样子，可这个话题实在是有点儿暧昧说不出口。

“昨晚怎么了？”很清楚宋时壹脑袋瓜里在想什么，顾延霆原本淡漠的眸色渐渐转深，想起昨晚吻住的柔软，激烈的情绪被他掩在双眸深处，余下的是若无其事平静无波的反问。

他这是明知故问？还是装作什么都没发生过？宋时壹心间一哽，一句“你为什么要吻我”就要脱口而出，最后还是拼命忍住了。她不确定如果真问了，这男人会说出怎样惊天的话语来。

这么一想，她顿时萎了回去，怏怏地道：“没什么。”

静默了几秒，宋时壹还是忍不住地开口：“小叔叔，我们虽然结婚了，但彼此都是没感情的对吧？那么我们就是要，嗯，保持点距离对吧？”

说到这里，她瞟见顾延霆脸上的表情冷硬了下来，但还是硬着头皮接着说完：“不过我知道男人都有那方面需求……我能理解，小叔叔你如果……”

“怎么，你要帮我？”宋时壹话还没说完，顾延霆的眼神就朝她压过来。

伸头缩头都得挨一刀，宋时壹干脆破罐子破摔，紧了紧喉咙，一股脑全说了出来：“我是想说不介意小叔叔你在外面找别的女人，只要……只要在离婚前别让妈妈知道就好。”

说完，她在心底轻呼一口气，真爽！

顾延霆强压住心头的怒火，轻轻扯了扯嘴角，要笑不笑的：“你可真大方。”

宋时壹尴尬地呵呵干笑两声就知趣地缩在椅子上，不作声了。

这个话题在突然安静下来的车厢里被掐死。

可是，之后会被他怎么收拾，她根本不敢想……

终于到达了酒店，宋时壹感觉要是再在那个车厢待一会儿，她一定会窒息而亡。

可是，接下来的情况，让她不得不再次主动找到顾延霆。

“小叔叔，我住哪里？”

刚刚进酒店的时候，顾延霆并没有带她去前台办理入住，宋时壹也没多想，以为他早就安排好了，可直到跟着他走到房间门口，看着他刷卡进房间，她才发了慌，拎着行李呆愣在门口有点不知所措了。

“住这里。”顾延霆往里走的脚步不停，扔下一句话。

“呃……”宋时壹更加不知所措，随即笑道，“小叔叔这……这不好吧，我还是再开个房间吧。”说完，就要往楼下溜。才转身，她就被男人扯住了后衣领，然后被拖着进了房间。

“小叔叔。”宋时壹惊恐万分地挣扎起来，生怕他一个失控又像前一晚那样……

“这个是你的房间。”顾延霆把她拎到一扇房门前，才松手。

宋时壹才反应过来这是一间豪华套房，在心里轻轻吁了口气。回头，看到顾延霆双手环抱着胸，斜倚着墙站着，脸上写着大大的“我不开心”。思量一下，宋时壹还是装作乖巧地对他轻轻一鞠躬：“谢谢小叔叔。”

顾延霆的目光落在前面那颗低着的黑脑袋上，从鼻子里哼出一口气，转身就走了。

宋时壹对着他的背影偷偷吐了吐舌头，待他走远，赶紧把门关上。稍微收拾一下就往床上躺着，倒不敢睡，哪怕将门反锁也不敢安心地睡，就躺在床上玩手机，等着顾延霆接下来的吩咐。

“咚咚咚……”

敲门声响起的时候，宋时壹几乎以为自己出现幻听，顾延霆哪里是会这么礼貌敲门的人？

“在。”回过神，宋时壹赶紧从床上起来，开门，“小叔叔有什么事情吗？”

“我现在去开会，你在这里等着我……算了，”视线从她身上划过，顾延霆轻摇头，推翻了之前的决定，“你准备一下，跟我一起去。”

“啊！”宋时壹有些惊讶，这种会议不是说挺高端，只有名医有资格参加吗？她不确定地问，“小叔叔，我可以进去吗？”

顾延霆未语，只投给她一个“话太多”的眼神。她立刻反应过来，抓了抓头发，道：“小叔叔，我们走吧，我没什么要准备的。”

顾延霆就是名医，她跟着他有什么不可以，就算不行，他说了行就是行！

宋时壹绕开顾延霆往门外走，突然就被一股力量拉着转了个圈，回过神来时，她已经被顾延霆壁咚了。

宋时壹差点忘了怎么呼吸，但是她手上动作比大脑更快，她左手抵住顾延霆试图压下来的胸膛，头微偏，艰难发声：“干吗？！”

她手下的胸膛不断起伏，低沉的声音砸进她的耳朵里，嗓音里仿佛灌入冷意——

“昨晚只是怕你把爸妈他们吵醒，宋时壹，我还没那么饥不择食。”

……

反应过来，宋时壹只想对着走远的顾延霆的后脑勺扔石头。

这是什么意思？嫌弃她？警告她不要想多？要不要这么自恋啊！

不过，他也是挺奇怪的，怎么这会儿才想起来解释？她以为事情在车上就完结了呢。

DIQIZHANG

第七章

不准讨厌我……对不起，让你受委屈了……

1.

开会的地点是海城医院，从他们住的酒店过去不算太远。

他们到的时候，正赶上大部分与会人员进场。因着顾延霆太出众了，连带着他身边的宋时壹也被人关注到了，但是每个人眼里都带着深深的震惊，国内外的研讨会开了无数次，顾延霆作为重要嘉宾也出席了无数次，没有一次是带过女伴的。于是，落到宋时壹身上的目光更加直接和好奇。

有与顾延霆熟悉的人，走过来打招呼："顾医生，这位是？"

"宋时壹。"

顾延霆的语调平缓，像是在说自己今天穿了一件什么衣服一样稀松寻常。

见询问人眼中的探究意味更重，宋时壹索性自己解释，因为身边站着的男人在说了她的名字之后，就明显是一副不想再说话的样子。

“你好，我是跟着顾医生学习的见习生。”

“哦，顾医生的见习生啊！”询问的人一脸恍然大悟的样子，同时望着宋时壹的眸子里划过一丝兴味。

其他人也都不说话了，默默打量起宋时壹来——顾延霆什么时候收过见习生了？这个女人看着秀美娇俏的样子，来头肯定不简单。

“走了。”顾延霆冷漠地一扭头，领着宋时壹在众人的目光中径直离开。

看着一边随自己的脚步往前走，一边点头哈腰跟其他人打招呼的女人，顾延霆就气不打一处来。最初，他带她过来确实是有点冲动的，现在他丝毫不怀疑这个女人来就是为了让他受气。从上车到现在，她无时无刻不想着要和他划清界限，屡屡惹得他怒火中烧，若不是怕吓到她，这会儿他一定会将这个女人压着狠狠吻住……

他伸手，准确地扣住她纤细的手腕，一路拉着她往会场里面走。别的男人眼中的兴味也让他非常不舒服，他的女人，别人多看一眼，他都好似被割了一块肉一样难受。

顾延霆身上忽然散发出来的戾气让周围的人都神色一变，宋时壹脸上的表情更甚，毕竟她最靠近男人，也就不敢挣扎，乖乖地被他拉着手，顶着一道道灼热探究的视线随他走进会场。

会议长达三个小时，而从一开始宋时壹就如坐针毡，因顾延霆的手自扣上她的手腕就不曾放开过，也正是这原因，有无数道视线落在她身上，其中还有几道非常强烈的，如果眼神如刀，她一点不怀疑，她已经死了好几十次。她好奇地顺着视线大胆回望过去，对上的统统都是美艳面孔……

宋时壹没好气地瞥一眼身边坐着的男人，除了这祸水还能为谁？

万万没料到的是还有更恐怖的在后面等着她……

会议进行到一半时，宋时壹想上厕所，和顾延霆说了一声后，飞快地跑出会场，顺着指示牌跑向厕所。

解决完后，她没有立马回去。她实在是不想回到那个对她关注过分的会场里，特别是还有那些来自美艳女人的恨不得将她千刀万剐的眼神。

宋时壹优哉游哉地洗着手，一抬头竟从面前的镜子里看到几张熟悉的面孔，正是方才在会场里用眼神剐着她的那些女人。

“宋小姐，这么巧。”

她们缓缓走近，高跟鞋踩在地板发出的声响敲在宋时壹的心头，她心里突然升起一种不祥的预感。

“你们好。”

宋时壹在心底给自己打打气，安抚自己能在这样顶级的医学研讨会上出入的人，应该都是高级知识分子，不会乱来的。

“听说宋小姐是跟着顾医生的见习生？”其中的一个女人问宋时壹。说话间，女人们又朝宋时壹走近一些，停在她的身侧。

“嗯，是的。”宋时壹一边扯纸巾擦拭双手，一边谨慎地回复着。

这时，那些女人议论纷纷：

“宋小姐真是走运啊！”

“对啊，宋小姐上辈子是拯救了地球吗，能做顾医生的见习生？！据说顾医生以前从来不收见习生的。”

“是啊，是啊，之前不是说有同济大学医学系的学生想要做顾医生的见习生，求了好久还是被顾医生冷漠拒绝了呢！”

“同济的被拒算什么，顾医生在美国进修脑外科时，莫斯科谢东诺夫医学院、加拿大多伦多大学等世界著名医科大学的优秀学生都找过他，表示想做他的见习生，结果都没被接受！”这女人话锋一转，问向宋时壹，“对了，不知道宋小姐是哪所大学的呢？”

“哦，我啊……”宋时壹不料话题忽然扯到她的身上，有些紧张，但是又诚恳地回应，“A 大医学系。”

“什么？”她话音一落，女人们都一副难以置信的样子叫起来，“怎么可能？！”

“是这样。”虽然很尴尬，又很丢脸，但是宋时壹还是无比诚恳地点了点头。

那些女人又故作讨教状：

“A 大医学系的学生能做顾医生的见习生，那想必宋小姐一定是有什么过人之处吧？”

“不知道宋小姐能不能和我们分享一下？”

……

她们的话，隐隐约约透着鄙夷和嘲讽，宋时壹听着心里有点窝火，但明面上并没计较，她耸肩笑笑，准备告辞走人。

然而，变故就在一瞬间发生了——一只手突然朝她伸过来，直直落在她头发上，然后屈指用力一揪。

那一瞬，从头皮传来的痛感让宋时壹几乎失声尖叫。

“哎呀，宋小姐你这头发上爬的是什么东西啊？”有人比她先开口，“天，好像是虱子……宋小姐你头发上有好多好大的虱子！宋小姐你别怕，我这就帮你给弄掉……”

女人们立即佯装惊讶地全部围拢过来，声音亦是一声高过一声，压住了宋时壹吃痛的惊呼。

“啊……”宋时壹的声音被完全掩盖，接着在她还未反应过来时，整个人被一股冲力推着往前，额头直直地撞到前面的镜子，“砰”的巨响声炸开在这不大的洗手间。

“哎哟，宋小姐，对不起呀，我不是故意的，这地板真是滑，我急着给你抓虱子，却没想滑倒了。”

“宋小姐你没事吧？”

“哎哟，宋小姐，你额头流血了！”

“快，快给宋小姐清洗一下伤口，别回头伤口发炎了。”

……

这些七嘴八舌的道歉和解释的声音里，充满了肇事后的兴奋和满足。在一阵天旋地转里，宋时壹耳中嗡鸣声不断，她娇小的身子亦不断地被人推来扯去，最后，一股冰冷的水兜头浇下……

2.

彼时，会场里正在做一个有关“遗传学”的研究报告演讲，下面坐着的大多数人都在认真听，除了，顾延霆。

顾延霆的注意力完全被那个出去了将近半个小时的女人给带走了。跑去北市上厕所了吗，需要这么长的时间？他嘴角挂着冷漠的笑，频频抬手看腕表，最后终于沉不住气，站起身来往外面走。

“顾医生，你要去哪里？”有人喊住他，“马上就该你做报告演讲了。”

接下来做报告分享的人，就是顾延霆。他的演讲历来是这种顶级医学研讨会上的重点，许多人挤破脑袋进来这里就是为了听他的演讲。

明明不过三十一岁的年纪，却已是闻名国内外的脑外科一把手，理论知识丰富得简直堪比专业书，经他手的手术，目前为止，无一例外地成功，完成得十分漂亮。最让同行和业界敬畏的传说是，他曾经是心胸外科的一把手，三年前在心胸外科就闻名遐迩，三年后转到脑外科也技冠群雄，这男人简直优秀得让人连嫉妒都难。

“曾医生，我有点事情需要紧急处理，如果待会儿我没有及时赶回来，麻烦你帮我把这个放给大家看。我要说的内容大部分都在里面，谢谢。”顾延霆将事情交代清楚，冷着脸飞快地离开了。

被点名的曾医生握着U盘错愕不已，这……是被委以重任了吗？但是，从来泰山崩于眼前都面不改色的顾医生这是怎么了？他如果没看错的话，冷着脸的顾医生眼睛里压着无穷的怒火和急迫……

曾医生使劲捏了捏自己的大腿，哦哟，疼……

“宋时壹？”女厕所门口，顾延霆轻敲了敲门，“宋时壹，你快出来。”

等了一会儿，里面还是静悄悄的。

顾延霆狐疑地皱了下眉，下一秒，毫不犹豫地推开女厕所的门，长腿一迈直接走了进去，然后一间一间地找过去，没有人。

她先走了？

等等，不对！

在愤怒滋生之前，顾延霆脑海中忽然闪过一些画面，十几分钟之前，他还在会场焦灼等待宋时壹，频频往门口看的时候发现几个女人一脸得意地进来了，分别前还互相击了下掌……在这之前，宋时壹也小声问过他是否认识这几个女人，因为她觉得她们一直盯着她，盯得她都不好意思了……

“该死！”顾延霆狠狠低咒一声，疾步往外面跑，失了一贯的沉着冷静。

“姐妹们，刚刚感觉怎么样？”一个长直发女人得意地问。

“哈，还不错，心里总算是舒坦了……哎，等等，我有电话……哟！这不是南雅医院院长的女儿吗……”另一个鬈发女人也十分得意，这时，她接起电话，“芙儿，告诉你一个好消息，就你说的那个跟在顾医生身边十分碍眼的女人，刚刚被我们给修理了，哈哈……惨不惨？你猜猜！”

那边不知道说了什么，这个鬈发女人眉毛一挑，似心情很好：“打她？怎么会？！哈哈哈！我们文明人怎么会做出打人这样粗暴的事呢……哎哟，我们当然是帮助她啦，你不知道她头上呀长满了虱子，可脏了，咱们是出于好心帮她把虱子除掉，哦呵呵呵……”

鬈发女人正说得得意，忽然感觉到浑身一寒，疑惑地抬起头。

目光触及一双好看却藏着冷箭的眸，她没克制住，嘴里发出一声短促的尖叫，手机没抓紧，从手中滑落，落下后发出“砰”的一声巨响。

四周再无声，好像一切都静止了，除了对面那个男人，他仿若游离在这个空间之外，正踱着优雅的步子一步一步地靠近。如果忽略他浑身上下的寒意和戾气，那是极其赏心悦目的一张脸，可他此刻身上的戾气重得几乎能将人吞噬。

“顾……顾医生。”鬈发女人结结巴巴，她身后的几个女人也都颤颤巍巍的，她们对面前的顾延霆充满了敬畏和害怕，尤其在做了亏心事之后。

“你刚刚在说什么？”他冷声开口。

“我没……”鬈发女人支支吾吾着。

“宋时壹呢？”顾延霆已经许久没有这样情绪失控过，他强行将心里那一股浓烈的戾气狠狠压住，紧咬着牙问宋时壹的下落。

3.

当顾延霆循着地址找到宋时壹的时候，眼前的场景让他恨不得回头找那几个女人狠揍她们一顿——宋时壹蹲在酒店房间门口，头发湿漉凌乱，衣衫破碎不整。

听到有人喊她，她惊怕地抬头，额头上鲜红一片。看到来人是他，茫然的眼睛里有雾气不断地蔓延……顾延霆那一瞬间恨不得把自己千刀万剐。

“壹壹……”忍着极致的后悔与心痛，顾延霆朝蹲在门口的身影靠过去。

“不要过来。”他才走两步，宋时壹就喝住他，她看他的样子完全当他是洪水猛兽。

“壹壹，别怕，是我，我是小叔叔。”他没有停下步子，慢慢地朝她靠近，唤她的这几句几乎倾尽他前半生所有的柔软。

“小叔叔？”宋时壹有了一点反应，她望着他呢喃一声，然后，哭着朝着他扑了过来。

顾延霆下意识地接住她的身躯，紧紧地抱在怀中。狂喜几乎一下占满他的心，下一瞬，又灰飞烟灭。

“都是你，都是因为你……她们才会那样对我，顾延霆，我真是讨厌死你了。”

她温软的身子不过在他怀里停留一秒就骤然抽离，随即她握着拳头，一下一下捶在他的胸膛。砸在他身上的拳头并不疼，她的力道对于他来说就是挠痒痒一般，却让他觉得像针扎在心上，她说她讨厌他。

大掌揽住她柔软纤细的腰肢，迫使她朝他亲近过来，他的声音无奈又恼火：“宋时壹，这样的话别让我再听到第二次。”

“我就要说！顾延霆我讨厌你，无比、特别地讨厌你……”沉浸在悲伤中的宋时壹终于像头小狮子一样爆发了。兴许是刚刚遭受的事情激发了她内心一直压抑的伤痛，她直呼他的名字，手乱挥舞着将他推开。

“宋时壹。”

“啪！”

清脆的巴掌声伴随着顾延霆的低喊一齐落下，四周一片死寂，只剩两张浮着愕然情绪的面孔相对着。

这一巴掌，顾延霆没想到，宋时壹更是没想到。

可却又是确确实实地打了，宋时壹低垂下头看看自己的手，又抬眼偷偷去看顾延霆，男人皮肤偏白，她那一巴掌下去，他的小半边脸都红了。

她现在道歉会不会有点用？大脑恢复清明的时候，她小声开口：“对……”

就在她开口说第一个字时，肚子里忽然一阵剧烈的绞痛，疼得她话都说不出来，只能任由自己面部扭曲、浑身痉挛起来。

顾延霆刚从那一巴掌里缓过神，就见她缩着身子一副痛苦难忍的样子，他赶紧俯身下去：“怎么了？”

“对不起。”宋时壹脑子里全是他眸子沉沉、嘴角紧绷仿若黑云压顶的模样，她弓身双手死命压在疼痛的肚子上，强撑着将道歉的话给说完。

“我问你怎么了！”顾延霆脸色越发黑沉，见这女人已经疼成这样还在道歉，恨不得拍她几下。

宋时壹微怔过后，缩着脖子回答：“肚子疼。”

等来的是顾延霆的再度靠近，他高大的身子弯下，手上一用力，她身体悬空被抱了起来。

她反应过来就要挣扎。

“别动。”

当他近乎呵斥的声音压过来后，她就蔫了，任由他抱着自己，进房间放到床上。

他小心地帮她脱掉鞋子，扶着她躺下，给她盖好被子。

这让宋时壹生出来一种错觉，她像个小孩似的，脆弱到什么都需要人照料，让她感到十分别扭。

“小叔叔，其实不用这样。”虽然是冬天，但这里是南方海城，气温不低，她盖着被子还开着暖气，感觉浑身燥热，她一边对站在床边的顾延霆开口，一边扒着被子将藏住的双手伸出来。

“手放回去。”

“我不……哦……”

“乖乖待着。”

女人听话的样子取悦了顾延霆，他柔和了眉眼。这女人他算是看透了，是个欺软怕硬的主儿。

定了几秒，顾延霆转身就走。

宋时壹看着男人走开的背影，脱口而出：“你去哪里？”

“不去哪儿。”顾延霆闻声，步子一顿，随即回道。

他走进房间的浴室，拿了毛巾和吹风机出来，不过之后他出去了一会儿，再回来时，手中多了一个医药箱。

宋时壹此刻正享受着他轻轻为她擦干头发，暖暖的风和他温热的大掌不时穿梭在她的发间。

他为她额头上药，动作又轻又柔，眼里带着疼惜……她感觉像是一场梦，一场美丽的梦。

“我是不是在做梦？”宋时壹心中这样想着，想着想着就不由得说了出来。

“做什么梦？”一道魅惑男声在她耳边响起。

她喃喃着回复：“只有在梦里，你才会这么温和……”

突如其来的沉默让宋时壹回过神来，抬头看到男人若有所思的眼神，她心里不禁一动。

随即身边忽然一沉，她顺着动静扭头去看，就见顾延霆已经绕过床尾，走到床另一侧，掀开被子往床上躺，然后一把将她也扯躺下，将她嵌入他的怀抱，随后大掌顺着她的腰肢往小腹部探去……

4.

这一切发生在一瞬间，宋时壹整个人都蒙了，直到顾延霆温热的体温从她背后源源不断地传来，她瞬间如被烫着一般下意识地弹跳起来，却被禁锢她的大掌紧紧压住。

她终于开始害怕，带着哭腔奋力反抗：“小叔叔，我错了，你别这样，我现在不方便……你也不能这样对我。”

“脑子里天天都在想些什么。”顾延霆的语气带着无奈，伸手给了她脑袋一下。

头上挨了一下，她红着眼抬头去看他，他面色平静，漆黑的瞳孔里亦没有一点异样的情绪。

“肚子还疼不疼？”他问。

宋时壹分神的空当，男人的手依然紧紧地覆盖在她的小腹上，贴着她的皮肤，轻轻揉动。

这像是……宋时壹脑子里蹿过一个可能，结结巴巴地问：“小叔叔，你这……这是？”

“肚子有没有舒服一点？”

男人虽没有正面回答，但宋时壹肯定了她的猜测，他并非图谋不轨，他不过是想缓解她的疼痛。

“还是不舒服？需不需要用点药？”没得到宋时壹的回答，顾延霆以为这样并没有缓解她的不适，他动了动身子，打算起来，去给她买药。

“不……不用。”宋时壹一把拉住要起身的男人。

她本意是肚子已经没有很痛，不需要再麻烦他，可这么着急的动作似乎有了一点不一样的意味，像是她不舍得他走……

宋时壹想到这里，又对上男人紧盯着她的目光，脸烧红起来，浑身也有些不自在，尤其是顾延霆的手还没有一点阻隔地搭在她的肚子上，他的手炙热如火，空气里仿若有什么在噼里啪啦地燃烧。

藏在被窝里的手，握了握，指甲刺到手心，唤醒理智，她竭力平静地开口：“不用买药，我肚子已经不疼了。”顿了顿，她接着下逐客令，“小叔叔，我想休息一会儿，你有事就去忙吧。”

不知道是她说得太委婉，还是他故意装不懂，他一把将她箍得更紧，大手继续之前的轻抚，将脸埋进她的后颈，她顿时整个人都僵硬了，他的声音带着一丝慵懒从颈后传来：“我没什么事情要忙，可以陪你休息。”

宋时壹一口银牙几欲咬碎，一句“我不要你陪”险些出口，最后还是死死忍住。之后她反转身子，打算甩开男人搭在她腹部的手，脱离男人的禁锢。

可他那一只手就像是粘在她肚子上似的，她甩不脱，还不只是手，还有他的身躯，她转个身，往床外侧挪，他也跟着移动，她能感觉到她背部的热气源源不断地拢过来，还能听到他的心跳声，他沉稳有力的心跳声和她杂乱无章的心跳一齐敲进她的耳膜，让她一阵眩晕。

每个月的这几天总是难受疲乏的，纵使此时有顾延霆躺在身侧，一顿折腾下来，宋时壹也不由得犯了困，防备的眼撑不住地缓缓合上，将要进入香甜的梦里……

“刚刚解气了？”身旁的男人忽然开口，声音低沉带着些磁性。

宋时壹一惊之下睡意全无……

顾延霆将身前女孩滑落在肩头的发撩起放在手里把玩，重复道：“刚刚那一巴掌打解气了？”

她一下明白过来，瞌睡虫和气愤瞬间都跑了，战战兢兢地想他该不会是要秋后算账吧……

宋时壹着急地想着“活命”的法子，想来想去，觉得大概只有被还一巴掌才能让男人愉悦了，于是她转过头，仰起脸，一脸视死如归：“小叔叔，你打我一巴掌吧！”

“什么？”顾延霆不解，微微敛眸。

“一巴掌不够吗？那……那两巴掌行不行？”见男人皱起眉头，宋时壹苦下脸，委屈地道，“小叔叔，不能再多了。”

顾延霆这下总算明白了这小东西是在说些什么，气得肝疼：“宋时壹！”

“你……你轻点啊！”而他这咬牙切齿的样子落入宋时壹眼中就是要挨打的讯号，她哀号一声，紧紧闭上眼睛。

看着女孩苍白着脸、眼睛紧闭、睫毛轻颤的样子，顾延霆生生被气笑了，他笑着伸出手……

近了，近了，闭上了眼其他感官就敏感了些，宋时壹感觉到有什么缓缓在靠近，应该是顾延霆的手吧？心里不知怎的，除了害怕、恐惧之外，还有一些委屈的情绪。

“到底我哪句话让你误会我要打你了？”

她的委屈还在持续发酵，身体却被一个强硬的臂膀搂住翻了过去，她的脸贴上一堵温热的胸膛，发顶有沉沉的男声传来，犹如叹息一般低低沉沉，又含着几分温柔。

难得有这样的时刻，再加上宋时壹确实十分困倦了，她也就乐于在这样温暖又宁静的气氛中安心地蜷缩着，尽管她并不明白抱着她的这个男人心底到底想怎样，也抵不过沉重的睡意侵袭，意识终于慢慢开始游离……

半梦半醒间，她被搂进一个炽热的怀里，迷糊间听到有声音在她耳边轻语："不准讨厌我……对不起，让你受委屈了……"

DIBAZHANG

第八章

这一刻她什么都不想管，只想靠着这一堵宽阔厚实的胸膛，在他怀里躲避风雨。

1.

海城的行程本来是七天，但这一晚过去，第二天早上，顾延霆就说要走。

对于顾延霆的决定，宋时壹从来只有乖乖照做的份。她心底也是渴望回去的，昨晚发生的那些事，让她对这里几乎没有什么好感。

坐上飞机，从舷窗往下看，看到那一片深蓝色的海洋，她心里多多少少有些遗憾，被带过来以后就抱着既来之则安之的心态，原本还指望着到了那里能抽出半天时间到海边逛逛。毕竟是从未到过海边的人，好不容易来一趟海城，得看看海。可谁知道，最后是在酒店待一天就算完了。

顾延霆原本是在看书，听到身旁的一声叹息，察觉到她的情绪低落，他将手中的书搁到一边，转头看着她："不想走？"

"不是。只是觉得来海城一趟都没看看海，有点遗憾。"宋时壹点了点下巴，随口补了句，"我都还没看过海呢！"

她话音刚落，头顶就搭上一只手，然后就听到顾延霆说："下次有空带你到海边去。"

是她听错了吗？宋时壹眨眨眼，再眨眨眼："小叔叔，你刚刚说了什么？"

第一次被她热切而又充满诱惑的眼神盯着，顾延霆略感不自在，他收回放在她头顶的手，声音强作平静："说下次把你丢到海里。"

宋时壹撇撇嘴，就知道狗嘴里吐不出象牙，不过他之前说的那一句她还是听清楚了的，只是不敢置信多问了一遍。

正午十二点，飞机降落在北市。

而他们刚刚从飞机上下来，顾延霆的手机就开始响，是医院那边打来的，让他马上过去医院，有紧急的手术需要他主刀。

宋时壹安静地等他接完电话，仰起头问："小叔叔，你现在是要去医院吗？我是不是可以不用去，我能先回家吗？”

“你想回家？”

“嗯！”

顾延霆见宋时壹一脸疲惫的样子，将那一句“跟我一起去医院”的话咽了回去，转而说：“我让白叔来接你。”

“啊？”宋时壹赶紧摆手，“不用了，我自己坐车回去就行了。我又不是小孩子了，还要人来接。”

“真的不用？”

“真的不用。”她真的已经不是小孩了！宋时壹用诚恳无比的眼神看着顾延霆。

“嗯。”

也不辜负她这样的目光，男人终于点了头。

“那我就先走了……”宋时壹高兴地拖着行李箱马上就要溜。

“等等。”被男人一把拉住手，随即男人不急不缓地从口袋里掏出钱包，从里面抽出几张钞票递到她眼前。

因为震惊，她并没有接过，然后更令人震惊的一幕发生了。

男人将抽出来的那几张红票子放回自己口袋，随后把整个钱包递向她。

坐上出租车很久，宋时壹都还没从刚刚那一幕里面缓过神来，顾延霆竟然把他的钱包给了她，一个装着金卡、钻石卡、黑卡的钱包，就那么轻描淡写地给了她。

宋时壹还清楚地记得所发生的一切，甚至能将他的话复述出来，在她看到他递过来钱包，震惊到结巴地问他是干什么时，他一脸风轻云淡地塞给她："车费，顺便上交资产。"

宋时壹视线落到手中紧拽着的钱包上，小心翼翼地将其翻开，然后从里面拿出来一张卡片，左右翻看。

真的是黑卡，那种全球限量发行无额度上限的黑卡。一想起他薄唇附在她耳畔，将这些卡的密码轻语给她，她就止不住地脸红。

宋时壹猛地闭上眼又猛地睁开，想到脑袋快要爆炸，还是想不透彻……

时间的手，翻云覆雨了什么。

从我手中，夺走了什么。

闭上眼看，十六岁的夕阳，美得像我们一样。

边走边唱，天真浪漫勇敢，以为能走到远方。

我们曾相爱，想到就心酸。

忽然响起的电话铃声打断宋时壹的思绪，她深呼吸，理了理情绪后，从包里面拿出手机："喂？"

静听了几秒后，握着手机的手遽然一松，手机自手中滑落，掉在地上发出“砰”的一声。

彼时，刺得她耳膜生疼的只有刚刚话筒那端传来的消息：“请问是宋小姐吗？这里是南雅医院，您母亲刚刚发病了，情况有些危急，您能过来一趟吗？”

2.

医院病房门口，宋时壹不住踮起脚从门上的小窗户往里面望。

母亲的病床前围满了医生护士，她只能透过一些缝隙偶尔得见母亲的脸，那是一张毫无血色的脸。

着急、懊恼、后悔、无助的情绪一下充斥着宋时壹的心，她浑身无力地贴着门板缓缓滑落下去……

隔得远远的，顾延霆就看到了宋时壹，瘦小的身体蜷缩着蹲在病房门口，活像一只被丢弃的小流浪狗。

被丢弃的小流浪狗？

好看的眉拧起，长腿一迈径直走过去，她可不是什么被丢弃的小流浪狗，她明明有家有主，有依靠。

宋时壹蹲在地上，双手环抱住膝盖，下巴搁在膝盖上，一脸失神无助，眼前忽然出现一双腿……她沿着那双腿一路往上看，对上一张熟悉好看的脸和讳莫如深的瞳，她原本暗淡的眼睛里忽地闪现一些光亮，她一手扶着旁边的墙站起来，眼角的余光瞄到从不远处走近的护士，顿时压住了那声亲近的“小叔叔”，转而客套而疏离地喊了句：“顾医生。”

顾延霆的注意力是一秒不落地放在宋时壹身上，如此，她情绪的变化，他怎会注意不到？落在女孩脸上的视线缓缓往下移，她垂于身体两侧的手微微往前探着，像是一个下意识要拥抱的动作。

顾延霆为这个认知而微微感到愉悦，愉悦得淡忘了宋时壹刻意的称呼，长手一伸就将宋时壹完全未设防备的柔软身躯捞入怀中：“不用担心，不会有事的。”

她不敢过来，他就自己过去。

被顾延霆突然抱住，宋时壹有些讶异，却也不想拒绝，此时的她实在太需要一个肩膀来依靠……

她舍不得推开，纵使不远处就站着几个护士。

不管了，这一刻无论是别人的目光还是自己的理智，她统统都不想管，只想靠着这一堵宽阔厚实的胸膛，在他怀里躲避风雨。

病房的门终于打开，医生们鱼贯而出。

“医生，我妈妈怎么样？”看到他们的身影，宋时壹立马上前，着急询问。

“病人经过抢救，目前已经脱离生命危险。”

“真的吗？她……没事了？”

“暂时没事了，不过还需要持续观察。哦，顾医生！”回答宋时壹的医生忽而瞥见她身后不远处靠墙而立的高大男人，非常惊讶。毕竟整个医院都知道顾延霆医生神奇般的经历。

“尹医生。”顾延霆礼貌地对他微一点头。

“顾医生您怎么会在这里？”

“她是我的……”

“我是跟着顾医生的见习生。”急切的女声打断了顾延霆的话，主动解释他们的关系。

尹医生了然地笑笑:“哦,原来宋小姐就是顾医生收的见习生。”

早先就听说顾医生收了一个见习生，在业界也传得挺广的，但因为不同科室倒是不曾见过。不想这会儿会见着，而且还是他病患的家属。

“宋小姐，你母亲的身体暂时是没有什么大碍，有关于她的详细情况和后续的治疗问题，待会儿能否到我的办公室再详谈？”

尹医生的语气十分客气有礼。

答应了尹医生的要求，宋时壹赶紧走入病房，守着母亲。

宋母眼睛紧紧闭着，还没有从昏迷中清醒过来。

宋时壹心里一阵酸楚，她不能再承受失去了，虽然平时和妈妈不算特别亲密，但她们是对方心中最大的牵挂和支柱，她无法想象如果妈妈这一次离开了，她会怎样……

握着妈妈的手，宋时壹一坐就是一下午，顾延霆陪了她一会儿后就被科室召回去了。

宋时壹握着妈妈的手，看着妈妈两鬓的白发止不住地掉眼泪。这是怎样的人生，让她在被迫接受一环又一环的苦痛之后还不收手，到底要逼到什么程度……

握在手心的手微微动了动，宋时壹惊喜地抬起头，宋母已经悠悠醒来，戴着呼吸器疲累而慈爱地看着她。

也正是这时候，顾延霆风尘仆仆地从门外进来，身上还穿着没来得及换下来的白大褂。

宋时壹一边吸着鼻子强行忍住眼泪，一边安慰妈妈：“妈，医生说你脱离危险了。”她心底的惊恐还未散去，不停地找话来压制住那些慌乱，“尹医生挺好的，温和又耐心……”

她絮絮叨叨说了许久，直到宋母在药物的作用下再次沉睡过去，她才放心地起身去找尹医生。

“尹医生给你的印象这么好？”一直沉默跟着她出来的顾延霆问。

“要是每一个医生都像他一样对待病人和病人家属，估计就不会有那么多关于医院和医生的不好传言了。”宋时壹脚步微顿，回身认真地迎向顾延霆。

“你这个意思是有医生对病人、病人家属不好不耐心了？”

被顾延霆这么一堵，宋时壹顿时有些接不上话，在医院也待了一段时间，平心而论，她来医院实习期间所遇到的每一位医生都是和蔼又专业的，可……她忽而想到什么，目光遽然一冷，凉凉道：“这个也是有可能的，说不定就是有那么一些人为了自己的利益而做出违背职业道德、伤天害理的事情，一粒老鼠屎坏了一锅粥！”

“你阴阳怪气地在说些什么？”顾延霆敏感地察觉到宋时壹这会儿有点不对劲。

“我才没有。”男人那双黑眸仿若能看透人心，宋时壹心间一颤，赶紧收住情绪，匆匆扔下一句，就大步往前走去。

3.

顾延霆中途接到病患有些突发情况的通知立即回了科室。

宋时壹急切地奔到尹医生办公室，忧心忡忡地直接询问母亲的身体状况。

“宋小姐，你别着急，先坐下，我们慢慢说。”

“好。”宋时壹在他对面坐下，不再作声，等着眼前人开口。

“宋小姐，你母亲这一次虽然抢救过来了，但是说实话，她的情况其实并不乐观……心脏瓣膜病，它在病变早期并没有什么临床表现，直至出现心律失常、心力衰竭等一些情况时才出现相应的临床症状。患者会在活动后心慌气短，时常感觉到疲乏倦怠，甚至在夜间发生阵发性呼吸困难导致无法平卧休息，而这也意味着患者的情况变得严重棘手起来了。就像你母亲，她送过来的时候就已经有心力衰竭的现象，这一段时间的药物治疗终归是治标不治本，看起来没事，实则只要一发病，就相当于是要去鬼门关转一圈，运气好像今天能被救回来，倘若运气不好，那就……”

宋时壹瞬间就红了眼眶：“尹医生，就算我妈妈已经出现了心力衰竭的现象也还是有治疗的办法的对不对？介入治疗呢？或者，外科手术，做人工心脏瓣膜置换手术？瓣膜成形手术？这都是可以的对不对？”

“外科手术治疗是可行的，但……”

“我申请接受手术。”宋时壹激动地从椅子上站了起来。

“宋小姐，你冷静一点。做手术是目前对你母亲来说最好的治疗方法，可做这个手术需要考虑诸多因素，同在这一行，你应该能明白。”

“我知道。”宋时壹点点头，她非常清楚，甚至对心胸外科各类病的了解要多过脑外科，因为之前她想进的就是心胸外科，她大学用于这一方面的学习时间要比其他的多太多。

“嗯。”听到宋时壹这话，尹医生就只挑着一些重要的跟她说，譬如宋母身体是否能接受手术、手术后的风险，以及手术由哪位医生来主刀这事，“宋小姐，关于手术主刀医生这事情，我想着重和你说一下。”

“人工瓣膜置换手术对于我们医院来说呢，已经是比较成熟的手术，心胸外科有好些医生包括我都可以做，但……宋小姐，就你母亲身体复杂的病因，危险度极高，估计成功率 50% 都不到。不过……”

宋时壹立马追问：“不过什么？”

“宋小姐知道你的导师顾医生以前是心胸外科的医生吧？”

“嗯。”宋时壹点了下头，她当然知道，最初和那人结婚可不就是因为这个。

尹医生接着道：“这个手术倘若顾医生愿意做，那风险性应该会降低到 20% 甚至更低。”

“尹医生，你这是不是太夸张了？”

“不，不，不，宋小姐，我这说得一点都不夸张，顾医生一直都是心胸外科的神话，但是……要请顾医生来做心胸外科的手术恐怕是有点困难，之前医院也数次请求他帮助，他是无论如何都不肯答应。”

“为什么？”宋时壹皱着眉追问，直觉有问题。

“三年前，顾医生放下心胸外科手术的手术刀就不曾再拿起来过。”说到这里，尹医生不由得叹息了一声，为心胸外科损失了一位厉害的医生感到惋惜。

“尹医生，你知道顾医生转科室的原因吗？”宋时壹在听到这一番话后，心忽然跳得非常快，她按捺住心里那些躁动的情绪，斟酌着道，“顾医生已经在心胸外科拥有很大的成就了，怎么他忽然就放弃了呢？”

“抱歉，这个我并不清楚，我调来南雅时，顾医生已经出国进修了。”

“哦，好吧，谢谢。”

尹医生将宋母需要注意的事项一点点跟宋时壹讲清楚了，同时也给了她几种治疗方案让她回去仔细考虑，她这才心事重重地离开。

在门即将关闭的一瞬间，她突然再次推开探头进去：“尹医生，我刚刚有那么一问，纯粹是好奇，并没有什么别的意思。”

“我知道。”尹医生抬眼笑，又忍不住补充，“宋小姐，我之所以提到顾医生，是因为你是顾医生的见习生，说不定可以求到顾医生帮个忙，让他给你母亲动手术。另外，你好奇的那些事情你也可以问问顾医生本人，他是当事人，真实的原因没有谁比他自己更清楚。”

三年前放下了心胸外科的手术刀……难道三年前，他的手术台上死过人？陆随正是因为三年前的手术死亡的，难道陆随的事情和他有关？

宋时壹顿时打了个寒战，甩甩头想把这种可怕的想法甩掉。

不可能，顾延霆不可能和陆随的事情有关，她见过顾延霆和病人相处，那时候的他耐心温柔，简直不像是在她面前冷若冰霜霸道强势的那个人，那样子的他怎么可能会为了钱而下黑手。以她对他的了解，骄傲如他决计不可能做那样的事……但是，如果他真的牵涉其中……

唉，没有证据的事，不能胡思乱想。

余生请多宠爱

DIJIUZHANG

第九章

就算我求求你，小叔叔你帮妈妈动手术吧！

1.

宋时壹还是决定搏一搏，去找顾延霆求求情，看能否请他来给母亲做这个手术。

她摸出手机，才到七点，琢磨着还是不要冒冒失失地跑上去找他，先给他发条信息。

“小叔叔，如果你从手术室里面出来了，麻烦回我一个信息，我有事情要和你说。”编辑完毕，按下发送。

……

脑外科，手术室。

“顾医生，您的手机。”

顾延霆才从手术台上下来，洗净了手，就有小护士上前，将他的手机递给他。

“谢谢。”顾延霆擦干手拿过手机。

“不用。”对于顾延霆的道谢，小护士受宠若惊，红着脸摇了摇头，又道，“对了，顾医生刚刚您手机有短信进来，好像是您侄女发过来的消息。”

“侄女？”顾延霆眉头微蹙起来。

小护士：“是啊，她喊您小叔叔呢！”

顾延霆额角狠狠抽动两下，沉静地道：“她不是我侄女。”顿了顿，又补充，“是我妻子。”

“啊！”

“怎么？”听到小护士惊讶的喊声，顾延霆扭头望了她一眼。

小护士连连摆手：“没，没。”

但她眸中的好奇，顾延霆看得一清二楚，他抬手揉揉眉心，本打算置之不理，径直离开，走到门口时，却又回转过身子，扔了句：“小叔叔是她对我的昵称，从小喊到大，她喊习惯了，结了婚也没法改，就索性让她一直喊着。”

在顾延霆离开之后的很长一段时间里，给他拿手机的小护士都是蒙的。

天，他们顾医生秀起恩爱来，果然如前几次听到的传言一般，简直把人当狗虐！

桌上的手机响起来，宋时壹赶紧接起：“喂，小叔叔。”

“你找我？”

“嗯。”

“什么事情？”

明明隔着话筒，宋时壹却觉得男人就站在身侧咬着她的耳朵说话，她仿若感觉到他薄唇里哈出来的热气……她忍不住抬起手揉了揉耳朵，回道：“今晚我要留在医院陪妈妈，不回去了。”

电话那边突然无声了，宋时壹将手机从耳边拿开，看是否被挂断了，屏幕上显示着正在通话的字样。

“小叔叔？”她疑惑地喊了声。

“嗯。”男人低低应着，“刚刚在电梯里没有信号。”

宋时壹轻“哦”了声，表示知道了，接着问道：“小叔叔，我刚刚说的话你听到了吗？”

“吃饭了吗？”男人避而不答。

“还没。”宋时壹虽然心急，但是也不敢继续逼问。

“我马上到你那里了，我们出去吃饭。”

“小叔叔，你不是回去了吗？”宋时壹还是很吃惊的，原以为他乘电梯是准备回去了，却没想到竟是来这儿找她。

“谁告诉你我回去了？”

同时响起两道一模一样的回答，一道来自话筒，一道从门口传来，宋时壹转身望过去，就见到男人长身玉立地站在那儿。

2.

之后，宋时壹自然是随顾延霆一道去吃饭了。早上在海城那边折腾，没怎么进食，后来回到这边因为妈妈出事又是一阵忙乱，一整天就这么兵荒马乱地过去了，眼下是有点饿了。而且，她想继续之前那个话题，或许吃饭的时候可以再提一提。

“小叔叔，刚刚我去见过尹医生了。”点完菜，趁着还未上菜的空当，宋时壹就挑起话题。

顾延霆的脸色一直不大好，宋时壹不确定是她挑起的这个话题让他不高兴，还是他忙了一天累了的缘故。

“然后呢？是不是又想说他多有礼、温柔、耐心？”

顾延霆的声音悠悠传过来，不知道是不是她的错觉，从他的语气里，宋时壹感觉到一股子呛味儿。

她赶紧摆手解释：“小叔叔，之前那么呛你是因为我那时候情绪糟糕透了，对不起……毕竟是和妈妈相关的事情，我着急了。”

“你这意思是，我对妈的事情不上心？还有，我刚刚是和你说这个了？”

“你对妈妈的事情肯定上心，她现在不只是我妈也是你妈嘛，然后……尹医生哪里有礼、温柔、耐心了？就算有，也不值得我一直夸啊，毕竟我身边有个比他更有礼、温柔、耐心的小叔叔呀。”宋时壹眼珠一转，一口气说了无数奉承的好话。

而对面坐着的那男人脸色不出所料地好看起来。

真是，都这么大的人了，还需要别人一句一句来哄着……宋时壹看了眼已经愉悦起来的顾延霆，默默低垂下头，在心里吐槽两句。

完了，她继续摆笑脸：“小叔叔，其实我有个事情想求你帮忙。”

“说。”

“刚尹医生跟我说，妈妈目前最好的治疗办法是做人工心脏瓣膜置换手术，我想请你给妈妈做这个手术。”

一口气把要求说完，宋时壹心里是有些忐忑的，尽管刚刚这男人的情绪明显是愉悦的，可眼下，她没把握他会答应。尤其此时，他听完话，已然沉默下去。

但这是关乎母亲生命的大事儿，不能就这么轻易放弃。贝齿轻咬下唇，在男人的沉默下，宋时壹大着胆子再度出声：“小叔叔，行吗？”

“我是脑外科的医生。”这一次，顾延霆终于给了回应，只是这话明里暗里都是拒绝的意思。

宋时壹心不禁往下重重一沉，却没有就此放弃，极力争取着：“可你从前不是心胸外科的医生吗？还是鼎鼎有名的。”

“你也说了是从前。”

“你这意思是怎么也不愿意为妈妈做手术了？就算别的医生只有一半的成功率，你也可以眼睁睁地看她可能死在手术台上？”说到这儿，宋时壹的语气有了变化，不再是方才那样小心翼翼期盼请求着，有了些急切和愤怒。

顾延霆皱了下眉头，再开口，声音不自觉地放柔：“壹壹，心胸外科有很多优秀的医生，妈的手术交给他们来做，你大可……”

“放心”二字还未从顾延霆薄唇里滑出来，宋时壹便激动地打断他：“再优秀能有你优秀？”

是情急之下脱口而出的一句话，说的时候不觉有什么，直到四周气氛变得寂静无声，她才觉得异样。

“不，我不是这个意思，我……”她慌忙摆手，要解释。

“原来，我在你心里那么优秀。”

男人戏谑的目光望过来，低沉喑哑的嗓音里带着一股子笃定。

宋时壹还是忍不住懊恼地皱了皱眉头，只一瞬，她没忘记还有更重要的事情。

深吸一口气，抬眼紧盯住对面的顾延霆，她一字一句地请求：“就算我求求你，小叔叔你帮妈妈动手术吧！”

他没有接话，兀自沉默着。

街上霓虹灯交替亮起，点缀着这个城市的夜晚。餐厅也早已亮起了明灯，昏黄的光笼罩包裹着他，可身处在一片柔和光影中的他并没有一种温柔平和的感觉，那光圈更像是将他与她隔绝，衬得他冷漠孤决更甚于从前。

宋时壹心中不由得生起一种火烧火燎的感觉来，她咻地从位置上站起身。

顾延霆望向宋时壹，薄唇微动：“你……”

“我不饿，就先回医院了，小叔叔你一个人慢慢吃吧。”

本想很有气势地扔下两句话，再很有气势地离开，偏偏，一对上他的眼神，什么都偃旗息鼓，她几乎是强撑着随口扯了一个理由。

顾延霆没有拦下宋时壹，不是拦不了，是找不到理由拦，她提的要求，他没法答应。

高大的身子往后靠向沙发，幽深双眸缓缓合上，在他闭眼的同时，那些他刻意忘掉的记忆一点一点浮现脑海……

三年前接连两个心脏手术成功的年轻病人在隔日突发异状，突然离世，他赶过去的时候只看到被鲜血染红的床单，那血一直绵延流淌到他的脚边……那两场手术对他来说都是非常小的手术，几乎是不可能出现那种情况的，但是……

从此他再也无法说服自己拿起手术刀，过了许久，在国外做了无数次治疗，在他自己无比强大的意志力下，他终于摆脱了对手术刀的阴影，但是，却再也不愿意进心胸外科……

顾延霆搭在沙发边的骨节分明的修长手指遽然屈起，白皙手背上的青筋一条条突起，陡然绷紧的下颌线条，睁开的眼眸里蔓延着微红，一向冷静自持的男人此时看来情绪起伏非常大。

宋时壹一阵风般地从餐厅冲出，又往前走了好长一段路后，才停下来。

停下来的她下意识地往后张望。

长长的街道上行人极多，却不见熟悉的身影，顾延霆没有追上来。

“呵！”轻轻一声笑，宋时壹懊恼地捶了下头。她在想些什么，那男人怎么会追出来，他方才那冷漠的样子又不是她的错觉。

彼时，心中那股火烧火燎的感觉已然淡去，再浮上来的，是隐隐约约的失落和担忧。

现在她该怎么办？顾延霆不肯为妈妈做手术，要怎么办？

这一刻，宋时壹仿若是认定了顾延霆，好像只有他给妈妈做手术，妈妈才会好。

这是一种下意识的依赖信任，就像那么多的巧合撞在一起，她也从不曾怀疑他的过往会和陆随的死有关。

3.

宋母从昏睡中醒过来，宋时壹心中一阵激动，她半蹲下身子贴近床头，急切又欣喜地唤道：“妈。”

“壹壹……”宋母意识还未完全清醒，却本能地做出了回应，朝着她的方向伸出手。

“妈，我在。”宋时壹赶紧抬手握住，关心地询问着，“妈，你有没有哪里不舒服，有哪里痛吗？”

“没有。”宋母笑着摇了摇头。

宋时壹却是不放心，抬手按下床头的呼叫铃，找医生过来给母亲做检查。

“妈，对不起，是我不好，没好好照顾你。”宋时壹不断掉着眼泪，心里充满了浓浓的自责和愧疚。

“傻孩子，说的什么话呢！”

“都是我的错，要不是我那次气你，你也不会发病住院……而且住院以来，我都没好好陪着你，照顾你……我不是一个好女儿，我……”

宋时壹想到母亲发病时面目苍白的模样，絮絮叨叨地说着自己这一段时间以来的不是，说着说着，情绪有些无法克制，泪水更加汹涌。

宋母苍白的脸上浮现温柔慈祥的笑意，疲惫而缓慢地安慰她：“妈妈不怪你，你有工作要忙，不能天天陪着妈妈，妈妈都知道。再说你不是给妈妈请了护工吗？她照顾着我挺好的。”

“傻丫头，别哭了。”宋母费力地抬手为她擦去眼泪，又想起什么，“妈这一段时间住院，也没法顾得上你，你过得好不好？

顾家那小子待你好不好？瞧着这脸有点瘦了……”

宋时壹因母亲最后一句话破涕为笑，嗔道：“我哪有瘦，分明是胖了，”顿了顿，又说，“他对我挺好的。”

宋母轻轻喘了喘气，看着女儿羞涩的样子，内心满足：“其实妈强逼着要你嫁给延霆的时候，妈已经知道自己的病了……妈就是怕哪一天我忽然去了，留你一个人孤孤单单的，想你有个人照顾着……那样我要是真走了……也放心。

“不过，后来妈又想，感情的事情终究不能勉强，不合适的两个人硬凑到一块儿，结局也不会好。其实，妈也后怕，不知道顾家那小子的性子人品是怎样的，万一……妈就想着随你自己了，你想怎么样都好，妈也会尽力地撑着多活几年，陪着你。不想你竟然还是嫁了，妈这心里哪，就一直有个疙瘩，怕你过得不好，怕他对你不好。

“直到那天，他陪着你来看妈，妈见到他看你的眼神……那时妈心里才好过那么一点，可也只是好过那么一点，我老是忍不住想，他是不是真对你好，他家里人对你好不好……虽然一开始是他母亲找上门来，可如今我们家的情况和他们差太多，我又是拖着这一副病恹恹的身子，怕你被冷落……重要的还是你，心里是不是欢喜的……”

“妈，你别说了……”宋时壹泪如泉涌，那些自责、后悔、愧疚、心疼以及后怕的情绪要将她整个吞没了。躺在病床上的这个人明明是母亲，需要被陪伴被照顾的是母亲，可在母亲眼中心中，最重的却永远是她这个女儿。

“好了，妈不说，妈不说了。”宋母眼见着宋时壹哭得那么伤心，旁的也不敢再多说。

两个人继续聊了一会儿后，精神不太好的宋母又再次睡下。

4.

医生为宋母检查完身体，宋时壹拧了热毛巾给她擦了脸，并未离开。

宋时壹拉了一把椅子在病床前坐下，视线凝聚在母亲的脸上，记忆中的母亲一直都是三十来岁的年轻模样，而如今，皱纹已爬上母亲的脸，还有头上的白发早已显露出来。

母亲是老了，尤其是经过这一场病痛的折磨后。想到母亲的病，宋时壹忍不住又一阵鼻酸，泪在眼眶里面打转。

门口传来响动，宋时壹赶紧收拾情绪站起来，门打开的瞬间，她立即感觉到一股强悍而熟悉的气息，忍不住转身将视线投向门口的方向。

接收到宋时壹目光的顾延霆顿住了脚下的步子，同时一股慌乱自男人心底升起，早先在餐厅的那一番争执，他担心她还在生气。时间过去一个多小时，他才归来，也不过是因为不知道怎么面对她。但，让他不来找她，他又怎么可能做到？

这时候，她的身边需要人陪着，重要的是，他也想陪着她。

虚虚叹一口气，顾延霆重新迈开步子朝宋时壹走过去，这短短几步路，他走得很艰难，而此刻心里流淌过的百十种想法却是令他发笑，他顾延霆，什么世面没见过，什么时候如此不冷静，又小心翼翼过？

当真是遇上命里的那个人，什么都不作数了。

她的样子叫他愕然。

双眸里载着满满的晶莹，仿若只要轻轻一摇动，那晶莹就能决堤，从她眼里漫出来，白皙的鼻尖泛着淡淡的红意，可怜又委屈。

是哭过了？还是要哭？是因为本来就要哭，还是因为看到他？

“你……”

“你来做什么？”宋时壹飞快地打断他，声音里带着别扭和委屈。

顾延霆心尖如被掐了一下，他缓了一口气，温柔道："刚刚你什么都没吃就走了，给你买了点吃的。晚上医院人少，你不回去的话，我陪着你。"

"我不饿，我也不需要你陪，你还是走吧。"宋时壹心底还是有些被拒绝的愤怒的。

他这算什么？关心她？关心妈妈？在拒绝了她的请求之后？

其实两件事并不能混为一谈，只是，现在理智对于宋时壹来说就是奢侈的东西。至于到底是因为妈妈的病，还是因为顾延霆，她说不上来，也不想去想。

尽管做好了被她拒绝的准备，可真听到的时候，顾延霆脸色还是不由得暗了下来。他抿唇，朝她走近一步，空出来的那只手伸出拉住她，将她带到沙发边。

"你干什么？"宋时壹惊讶，随即挣扎，怕吵到母亲只能压制着声音冲他轻吼。

"吃饭。"

"我说了不吃，你听不懂人话吗？"

"你什么都不吃，身体会撑不住。"脱口而出的关心令顾延霆自己都有些恍神，如今是怎么了？他已经如此藏不住对她的感情了吗？不过这恼怒在一秒之后消失，他还是释然了。为什么要克制，她是他的妻子，他关心她，有什么不可告人的？！

说到底，不过是怕她不愿接受。

总是藏着掖着，即便是再骄傲如他，也怕明摆出去的情，没人要。

就如此刻。

“关你什么事！”宋时壹就像一只张牙舞爪的小老虎。

顾延霆缓了缓脸色：“你就算不为你自己想，你也要为妈想一想！你不是想照顾她吗？你若是自己都扛不住，拿什么去照顾妈？让妈知道了，还不是让她来担心你？”

宋时壹语结，只得愤愤地冲他甩过去一个大白眼。

这个男人永远知道她的软肋在哪里，牢牢地把控着，关键时刻，一戳就能让她妥协。

“这都是从素心阁买过来的，你不是爱吃吗？老惦记着他们家的酒酿丸子还有南瓜饼，都给你买了，你尝尝。”

顾延霆见宋时壹翘着嘴生闷气，心底不由得软了几分，随即将手中提着的食物一一摆到茶几上，又拆开筷子递给她。

宋时壹被迫坐在沙发上，拿起筷子慢慢吃着摆在她面前的一份份还冒着热气的食物。

“小叔叔……”吃到一半，她放下筷子，踌躇着想要说点什么。

顾延霆本来是一直盯着埋头吃东西的她，听到她的声音，不自然地移了移目光后应道：“嗯？”

“真的不可以吗？”宋时壹咽下口中的酒酿丸子，是豆沙馅的，很甜，她一贯很喜欢吃，只是这会儿，莫名觉得有点腻，大概是心里有事吧。

宋时壹双眸紧紧攫取着顾延霆：“为妈妈动手术，不行吗？”

……

这个话题，让两个人再度陷入沉默。

余生请多宠爱

DISHIZHANG

第十章

妈她不会舍得扔下你，所以她会平平安安，相信我，壹壹。

1.

其实这个请求，不止宋时壹提过，第二天得知宋母情况的顾母赶来医院，也跟顾延霆提了一次。

医院走廊，顾母看望完宋母后，特意到脑外科等着顾延霆从手术室出来。

“延霆，若是别的人，我也就不说什么了，可眼下需要动手术的人是壹壹的妈妈，是你妻子的母亲，你难道放心交给别人去动这个手术？”

顾延霆久久地沉默后回答：“妈，就是因为这样，我才不能接这个手术。”

“由你去做才会确保万无一失，之前……”

顾母的话没有说完，顾延霆就提高声音打断她：“妈，我无法确保，毕竟当年那两场由我主刀的手术都出了意外。”

“延霆，当年的事情责不在你，你为什么迟迟不能释怀？”

顾延霆不语。

顾母知晓这是他心意已决的表现，轻叹一口气：“随你自己决定吧。”

本还想再说什么，顾母眼风一扫，就看到从顾延霆身后疲惫走出来的宋时壹。

“壹壹。”顾母喊了她一句。

闻声，顾延霆高大的身子一僵。

“妈。”宋时壹慢慢地走上前来，礼貌地回应顾母。

“你怎么在这儿？”顾延霆沉声问。

宋时壹和他并排而站，听到他的声音就知道他在问她，当着他母亲的面，她没有给他摆脸色，好声好气地回答他：“妈妈早一点的时候醒过来，说要吃粤记的粥，我去排队买了。”

顾延霆听到宋时壹说“排队”两个字，拧了拧眉，随后道：“你怎么不告诉我？这种事情我来就好。”

“我看你睡着了，就没喊你。”想到昨晚他一宿没睡，宋时壹也有点过意不去。

昨晚他陪着她一起守在病房，时至凌晨，她撑不住睡了，而他则彻夜未眠地守着母亲输液。医生之前就叮嘱过，这个药水不能输得过快，得慢慢滴，这几大瓶药水要打完估计得一宿。早上她醒过来的时候，恰见着他正在为母亲换最后一瓶药，那输液瓶里的药水掐得刚刚好，这证明他是真一直盯着，半点没马虎。

“下次再有这种事，记住让我来。”顾延霆拧眉交代。

其实宋时壹并不明白顾延霆口中的这种事指的是什么，她也完全不会想到他会怜惜她到在意这种小事的地步，只随口应下。

两人一问一答间表现出来的自然默契让顾母心里暗喜，当下只交代他们好好照顾宋母，就立刻回去准备给宋母的营养汤了。

目送母亲离开之后，顾延霆喊宋时壹进去病房。

宋时壹边跟着他的脚步，边问：“刚刚妈和你说什么随你自己决定？”

她只是随口一问，不料男人反应极大，他顿下步子，转身过来望着她，目光如刀，声音含冰：“你刚刚听到了什么？”

宋时壹被他这样子吓住，轻轻“啊”了一声。

见她一脸受惊过度的样子，顾延霆也觉得自己反应过大，淡淡地呼了口气，道：“没什么，进去吧。”

一上午，顾延霆都心神不宁，这是从未有过的现象。他一直在担心宋时壹是不是听到了他和母亲的对话，但是看她的反应，应该是没有听到。不知道为什么，他特别介意让宋时壹知道那两场手术发生意外的事情，也许是她说过他是最优秀的心胸外科医生的缘故，倘若，让她知道……

呵，到底从什么时候开始，他变得如此没自信了？

思绪到这里止住，顾延霆俊美的脸上浮现丝丝无奈和近乎自嘲般的笑容。

而宋时壹也不好过，默默地在心里吐槽了一上午这个莫名其妙的男人。

2.

用过早餐，顾延霆便去上班了，而宋时壹请了假照看母亲。

宋母的状态并不是太好，身体很是虚弱，醒来一会儿就又睡过去。宋时壹本想趁她睡着的时候去找医生，商讨确定手术的时间和主刀医生。但是这时候她不能离开母亲，万一要是有个什么事却没有人在身边就麻烦了。

她只能等顾延霆中午过来接手。

在顾延霆那里两次被拒，她已经不抱希望，眼下手术迫在眉睫，她只能竭力去寻找别的权威医生。

宋时壹一直是个很独立的人，习惯了什么事情都尽量自己去完成。

可不知道从什么时候起，她对顾延霆有了些许依赖，会渴望着他为自己承担一些。

大概也正是因为如此，对于他拒绝帮母亲做手术的事情，她才会一直耿耿于怀。

中午时分，顾延霆果然过来了，几乎是下班时间一到，病房门就被他推开。这时候他已经换了一身衣服，不再是早上那一副不修边幅、狼狈疲乏的样子。

“吃饭。”他一走进病房，就将提着吃的双手高举了一下。

宋时壹从病床边的椅子上站起身：“怎么就买好饭菜了？”

顾延霆正在布菜，余光瞥见宋时壹朝自己走过来的身影，勾起一边唇角：“家里送过来的。”

“哦。”

吃饭的时候，宋时壹谨记男人当初说的“食不语”，无声吃着饭，但她的视线却时不时落在顾延霆身上，顾延霆很清楚她是有话要说，他望向她问：“有事要说？”

“嗯。”宋时壹也没推脱，他既然问起来她便说了，“你等下有空吗？能不能帮我照看我妈几分钟，我去找医生问下手术相关的事情。”

“不用去问了。”

“嗯？”

“妈的手术，我们不在这里做。”

“为什么？”初听到顾延霆这话，宋时壹登时就怒了。他这语气显然是已经决定了，而她只是被通知一声，这么大的事情，他都不来问问她的意见？不在这里做，难道国内还有比南雅更好的医院吗？

她霍地站起身：“你没权利做这些决定。”

“你先别激动，听我说。”顾延霆拉住宋时壹的手，语气严肃且认真，“妈现在这个情况去国外手术毫无疑问比国内好，我已经提前和我老师联系过，这一场手术将会由他主刀。”

宋时壹显然没回过神，这突如其来的消息砸得她愣愣地问：“你老师是谁？”

“巴蒂斯特·莫卡耶。”

这位闻名全球的心胸外科神话般的大人物，宋时壹也非常了解，她压根没想到顾延霆竟然能请到这位医学大咖来为母亲手术，那一瞬间，她激动得不顾一切地抱住了顾延霆。

软玉温香猛然间自动送入怀中，顾延霆也是始料未及的，他僵硬地举着胳膊，好半天才小心翼翼地环抱住她。

3.

飞机降落在巴黎时已至深夜，近十个小时的旅程让宋时壹感到疲惫，可一想到母亲，这些疲惫又算不得什么。

夜里风很大，纵使早早做了准备裹了厚厚的衣服，从机舱走出来还是觉得有些冷。宋时壹双手下意识地拢了拢身体，忽然肩膀上一沉，一股淡淡的消毒水味儿跟着侵入鼻息。她转眸望过去，就见一件西装外套搭在她肩头，而仅着一件单薄衬衣的男人立在她身侧，他的侧脸轮廓在月色的映照下，分外好看。

“我不冷。”回过神，她下意识地伸手就要将那外套拿下。

顾延霆却按住她：“穿上。”说出的话霸道得不容置喙。

随后，他迈步越过她走到她前面。

宋时壹望着男人的背影，看着他被风吹得鼓起来的衬衣，不知怎的，心里漫开一点一点感动的情绪。她偏头想了想，最后将男人的西装穿到身上，很大很长，她穿上像是小孩偷穿了大人的衣服，却很暖，像……他抱着她时的感觉。

都什么时候了，还尽想些有的没的……宋时壹捂了捂烧红起来的脸，小跑着追上去问："小叔叔，我们现在是直接去医院吗？"

"嗯。"低沉男声散在风中，竟有点温柔的味道。

巴黎医院。

他们到的时候，已经有人等在门口。

宋时壹没想到等着他们的人里会有巴蒂斯特•莫卡耶，这么晚了，他竟亲自来接他们。

从车上下来，随顾延霆朝莫卡耶走近，大概是太过紧张，以至于宋时壹打招呼的时候用的还是中文："您好，我是宋时壹。"

莫卡耶和顾延霆都怔了一下，顾延霆眼见着宋时壹脸微红眼中浮现懊恼，不由得宠溺地笑着抬手摸了摸她的头，安抚："别紧张，我老师不吃人。"

"顾，你们在说什么？"莫卡耶见到自己的得意门生脸上那温柔的笑意，特别惊讶，要知道他这学生什么都好，就是脾气很臭，特别是对女人。

顾延霆将视线从宋时壹身上移开，望向莫卡耶，恭敬回道：“老师，并没有什么，只是我妻子见到老师您太过于紧张激动，我在安抚她。”

一口流利地道的美式发音配上低沉性感的男音，格外好听，但是令宋时壹心跳漏了两拍的则是他口中的“妻子”，她震惊地抬眼看他。

“哦，这样。”莫卡耶闻言点头，视线扫向宋时壹的时候，脸上的笑容更加和蔼，“如顾所言，你不必紧张。”

“谢谢老师。”神话般的大人物居然这么和蔼可亲，宋时壹不由得绞了两下手，缓解情绪。

顾延霆继续与莫卡耶交谈，她则杵在一边当壁花。

莫卡耶希望顾延霆正式地向自己介绍他的妻子，看得出这位老师对得意门生的另一半特别感兴趣。

已经习惯了自己的头衔是见习生的宋时壹很奇怪顾延霆突然的沉默，她仰头去看他，却正好迎上男人炽热的目光，让她心神忽地一震。

男声徐徐响起，明明是在回答莫卡耶老师的话，可是顾延霆的视线却一直停在她身上，他仿若是贴着她耳边说出的这句话：“This is my wife，mon amour，Song Shi yi.”

4.

经过一系列检查后，宋母的手术被安排在第三天下午两点五十分。

进手术室之前，宋母是清醒着的，宋时壹和顾延霆也都陪着她，缓解术前气氛和心情。

开始还挺好的，谁的情绪都没什么太大波动。

直到宋母说了一番话。

宋母特意把顾延霆叫到床边，紧紧握着他的手，认真又严肃地交代：“延霆，自妈发病以来就一直在医院待着。你和壹壹的事，妈一点也顾不上就算了，还拖你们后腿。一想到这些，妈心里就有些过意不去。”

宋母顿了顿，将视线落到宋时壹身上，才又接着说：“我们家壹壹从小就被我和她爸给惯坏了，脾气倔还一身的臭毛病。妈希望你在往后的日子里别太和她计较，稍微让着她一些，多宠宠她。这些话，上回妈就和你说过，那时你也诚诚恳恳地答应下来，妈相信你是个能说到做到的好男人。只是到了这时候，妈真的不放心，还是想跟你再啰唆一番，想听你再应一句。这样，就算等会儿上了手术台，出了什么意外，妈走得也……”

话没说完，宋母的情绪就有些失控，她努力不让自己颤抖，却怎么也说不下去了。后面的话，她相信，就算她不说，顾延霆也是懂的。

气氛在这一瞬间沉了下去。

顾延霆默默地点头，宋时壹却不能接受地哭喊着：“妈你在说什么呢，你这样一副交代后事的样子是干什么！”恐惧和不安齐齐袭来，“我们不是来治病的吗？动手术不是为了好起来吗？在还没动手术之前，你为何要说这样的话……”她双手捂住脸，身子脱力地缓缓地往下蹲去。

下一秒，一双强有力的臂膀就将她从地上捞起，牢牢地固定在自己的怀抱里。

宋时壹这歇斯底里的样子看得宋母心里一阵慌乱，她努力坐起身子：“壹壹，妈错了，妈刚刚不该那样说，都是妈的错，你别这样。”

宋时壹从顾延霆怀中抬起头，泪眼蒙眬地望向母亲：“妈，答应我，你一定要平安，一定要平安好不好。”

宋母被送进手术室。

看着手术室门合上的那刻，宋时壹扭头看向一旁的男人，轻声问道："小叔叔，一切会顺利、如愿的是不是？妈妈她会平安的对不对？"

"是。"此刻，眼前这女孩的眼神满是脆弱和依赖，看得顾延霆心里一阵发软，他伸手将她娇小的身子揽入怀里，"妈她不会舍得扔下你，所以她会平平安安，相信我，壹壹。"

男人的声音沉稳而坚定，仿若有着安定人心的力量，宋时壹起伏的情绪渐渐趋于平静。

方才母亲的那些话，让她的情绪完全失控，那情景让她不由得想到三年前因手术而死的陆随，恐惧和不安泛滥得一发不可收拾。

但是就如顾延霆所说，母亲不会舍得丢下她，所以她一定会如愿。

等待是非常难熬的，六个小时几乎快要耗光宋时壹的耐性。

好在在撑不下去的边缘迎来了结果，手术室的门打开，医生们鱼贯而出，莫卡耶老师走在最前头，他快步走到他们面前，面带笑容、声音愉悦："Surgery goes well.（手术顺利。）"

在莫卡耶老师这话撞入耳膜时，心里那根一直绷紧的弦"啪"

地一下断了。宋时壹颤着身子哭起来，但是想到还有外人在场，她又不好意思地一边抹着眼泪一边冲莫卡耶感激地笑。

她在顾延霆怀里又哭又笑，活脱脱像个小女孩，悲伤与快乐全表现在脸上，纯粹得没有一点遮掩。

而顾延霆则任由他的小女孩将眼泪擦在他身上，他丝毫不介意名贵的西装被她扯得皱巴巴的，望着她的幽深瞳孔里，始终是一片遮天蔽日的宠溺。

DISHIYIZHANG

第十一章

这一生，她宋时壹只能是他顾延霆的，不准逃，不会让她再逃。

1.

手术顺利，但是宋母还需要观察休养一段时间。可顾延霆很忙，这几天宋时壹就无数次看到他接电话，是医院那边催着他回去。其实，她心底还是渴望他能一直陪着她的，她非常害怕再独自一人面对孤立无援的境地。

可是，母亲手术成功，他也再没有拒绝回岗的理由。

见顾延霆接到电话十分为难的样子，她起身来到他身边，伸手揪着他的衣角，仰头道："小叔叔，我妈的身体现在已经没什么问题，你很忙的话就先回去吧，我……可以照顾好她。"

顾延霆没接话，只低头朝她看过来，那目光深邃，看得她一阵心悸。

他回复她："你在这儿，让我回哪里去？"

一晃十多天过去，两个人也变得更加亲近。宋时壹回想这段时间，心底对他是有着浓浓的感激和依恋的。

宋母出院那日，天气极好，晴空万里。

宋时壹陪着母亲做最后的检查。大约半个小时，检查完毕，医生对她比出一个手势，边笑着边用英文道："很好。"

宋时壹闻言，终于松了一口气，脸上跟着浮现笑容，连连对医生道谢。

看着医生离开的背影，宋时壹忽地想起一点事，还不待大脑发出指令，声音已经先一步从她口中滑出来："请等一下。"

医生停下脚步，朝她看来。

宋时壹一边懊恼于心不听指挥，一边又忍不住迈开步子，走到那医生面前，用英语道："不好意思，可以请教一个问题吗？"

"你说。"

"你能告诉我'mon amour'的意思吗？"宋时壹曾留学英国，能讲一口流利英语，可她对法语一窍不通，而他们来的那天，顾延霆对莫卡耶老师正式介绍她时，最后说了句法语。

那时她是好奇的，事后，她问过顾延霆，他却怎么也不告诉她是什么意思。

这让她的好奇心更甚，但是接着母亲的手术让她无暇顾及其他，方才才忽地又想起来。

“Lover.”医生回答。

医生离开很久后，宋时壹仍旧站在原地一动不动，宛若被下了定身咒，她脑海里不断回响医生临走前回的那个词——“Lover”。

爱人？

顾延霆说她是他的爱人？

怎么可能？！一定是顾延霆表达错误，宋时壹敲敲头，强迫自己不要想太多。

2.

终于回国，顾延霆带着宋母与宋时壹一道回了顾家老宅。

是顾家长辈诚意相邀，一是为宋母手术成功庆祝一番，二是两家人一块儿吃个团圆饭。这合情合理，宋母自然不会拒绝。

席上，因两家长辈都是熟人，又逢着喜事的原因，气氛很好，一片欢声笑语。

不过，坐在顾延霆身边的宋时壹有些心不在焉。事实上，一整天她都在走神，有时会不自觉地偷偷瞥向顾延霆，她着实不知道这个男人心里到底藏着什么。

顾延霆并没有过多表示，只是偶尔会夹几筷子她喜欢的菜给她。

可是宋时壹心不在焉的样子不仅全落入了顾延霆眼中，也落入心思细腻观察入微的顾母眼中。

饭后，顾母便偷偷地将顾延霆叫到一旁，询问夫妻俩是不是有什么矛盾。

顾延霆只是笑笑，却什么都不说。

这可把顾母给气到了，她瞪着顾延霆就教训："儿子，妈可告诉你，老婆娶回来就是要宠着疼着呵护着的，你要是在她面前还摆出一副'别理我'的样子，这老婆迟早得没了。"

顾母实在怕自己这儿子在感情方面太不会来事，回头把她好不容易找来的儿媳妇给弄没。

"你也老大不小了，可以和壹壹商量着要一个孩子了。有了孩子，你们之间也能稳定一些。”看顾延霆似乎愣怔了下，顾母停了声，又狐疑地看了他一眼，小声地开口，“儿子，妈问你，你和壹壹该不会到现在还没发生过关系吧？”

顾延霆幽深瞳孔中划过一丝情绪，又被不动声色地收起，他低头沉默一会儿后，道：“妈，没什么别的事，我先出去了。”

哎呀，甩包袱了！顾母更急了，抬脚追顾延霆：“哎，你先把这问题回答了！”

顾延霆顿住脚步，侧过脸望着顾母，声音轻缓笃定：“妈，放心吧，明年这时候一定让您和爸抱上孙子。”

二楼，顾延霆的卧室。

宋时壹洗完澡从浴室里面出来的时候，就被杵在跟前的顾延霆吓了一跳。

那扑面而来的男性气息令她紧张极了：“小叔叔，你要用浴室吗？那你用。”她装作没事的样子说着话，缩着身子企图从男人身侧的缝隙钻出去。才稍稍一动，手腕被人一把抓住。

“宋时壹。”男人声音响在耳畔。

“嗯？”她下意识地抬起头。

男人的脸近在咫尺，她吓得往后仰头。

后脑被一只大手牢牢稳定住，一切都发生在电光石火之间，男人的唇压了过来，吻住她，凶狠霸道，让她喘不过气。一颗心被高高提起，大脑失去思考能力。反应过来后，她拼命挣扎，可她越挣扎，男人越是吻得凶狠，他抓住她手腕的那一只手不知何时绕到了她的腰上，将她的身体稳稳地按向他……

顾延霆知道，宋时壹对他来说就像毒品，一沾上就一发不可收拾。从很久之前，她出现在他面前对他甜甜笑着软声喊他“小叔叔”开始，就是。

一开始，他压抑那汹涌的情潮，比他小七八岁喊他“小叔叔”的小女孩，他怎么能对她有扭曲的占有欲，所以他不断抗拒她的靠近，极力远离她。

直到后来，她家遭逢巨变，她从他的世界消失。

然后，她突然回来，坐在他的床上，脆生生地再喊他“小叔叔”，告诉他，此后他们是夫妻。

沉沦吧，就是让他溺死于她手中，他也甘愿。

占有吧，母亲的话犹如当头一棒打醒了他，她是他的。这一生，她宋时壹只能是他顾延霆的，不准逃，也不会让她再逃。

直到被放倒在柔软大床上，被吻得七荤八素的宋时壹才渐渐清醒，她心中划过一丝恐惧，手紧紧揪住床单："小叔叔，你想做什么？！"

顾延霆站在床尾，视线牢牢攫住躺在床上的娇小身躯，声音冷清却十分性感："壹壹，我们要个孩子吧。"

他的话令宋时壹怔住，良久，她才找回自己的声音："小叔叔，你喝醉了。"

方才唇齿相依间，她尝到了酒味，所以他这会儿是喝醉了？是醉了，才会说出这样的话。

"小叔叔，我去和我妈妈睡。"然后一秒都不敢耽搁，她手忙脚乱地从床上爬起来，连被揉得乱糟糟的睡衣都来不及整理，就准备逃出门去。

脚还未从床上离开，顾延霆就一把攫住她，将她重新压回床上，接着他高大的身子倾覆过来，目光灼灼坚定地重复："我要你。"

"小叔叔……"宋时壹一声尖叫，剩下的话语都消失在男人温柔霸道的吻中，他的吻带着势在必得的强势。

顾延霆第一次觉得自己有些失控，吻着吻着，他已经不能自已地想要更多，手掌从宋时壹松垮的睡衣下摆探入，触到她娇柔细腻的皮肤，脑袋里像是有无数炸弹一起引爆，炸得他逐渐失去理智，只狠狠地压着身下的娇躯不断索取……直到吻到一片湿润……

宋时壹满脸都是泪痕，她沉迷在顾延霆的气息里，却依然不能控制地想起陆随，这种耻辱又愧疚的感觉让她崩溃。

“乖，别哭。”顾延霆稍稍松开她，温和了语气，滚烫柔软的唇温柔地一点点地轻啄在她的眼角和眉梢，轻柔安抚。

宋时壹呜咽着：“你为什么要这么对我……”

顾延霆无奈：“壹壹，我们是夫妻。”

“可我们不是说好了是做样子吗，你也不爱……”声音顿在这里，宋时壹脑海里浮现出在巴黎时听到的那一个词，而后，大脑不受控制，话脱口而出，“小叔叔，mon amour 是什么意思？”

男人身子一僵。

久久得不到回应，那紧张竟然慢慢发酵成失落……宋时壹牙齿咬住下唇，抬起手推身前的男人，这一次很轻易就推开了。

心越来越涩，果然是她会错意了，否则眼下这种情况，他怎么还不说？

她要离开这里，不要和他待在一块儿！

可，还是没能走成。

被推开的高大身躯，很快再覆了过来，将她禁锢于他和床之间，他的吻也依旧来势汹汹。

他霸道又温柔地吻着她的耳垂，而灌进她耳中的声音让宋时壹心跳加速，大脑一片空白。

他用字正腔圆的普通话说："爱人。"

他用浪漫的法语重复："Mon amour."

他用流利的英语强调："You are my lover."

一声又一声，强势地占满她的心和大脑，让她再想不了其他，也再抗拒不了……

3.

芙蓉帐暖，窗外明亮的月色羞得躲进厚重的云层里。

……

宋时壹是疼醒的，浑身就如同被什么碾压过一般，酸疼不已。

初初醒过来，她思绪尚未完全清明，直到听到浴室传来声响，见到围着浴巾从里面走出来的顾延霆，有关于昨夜的事情才一点一点回到她的脑中，她登时脸色红一阵青一阵。

反观顾延霆，神色自然如常，甚至连和她说话的语气都仿若与从前无异。

“醒了，那起床洗漱，下楼吃饭。”

听着他这话，望着他背对着自己的身影，宋时壹心中原本滑过的种种情绪一一散去，漫上来的只有委屈。

昨晚，说起来，他并没有强迫她，那事发后就没什么委屈的。

不过是此时他这仿若什么都没有发生过的样子，让她有些愤愤不平，昨晚的一切都好像只是她一个人的事……

虽然从前他也是如此冷淡，她并不在乎，可今天……她浑身疼痛，他竟一句关心询问都没有，昨晚那样狂热和沉迷的他，难道只不过是酒精的驱使？如今酒醒过后，他会不会在心底后悔昨晚的事？可是，情深时刻，他那一句句“爱人”又算什么……

宋时壹越想越纠结，越想越委屈心酸。

她全然沉浸在自己的思绪里，没发现顾延霆已经换好了衣服，正朝她走过来。

“怎么还不起来？”直到他出声。

宋时壹看着这张俊朗却没有丝毫情绪波动的脸，气就不打一处来，冷冷道：“你急，可以先下楼，不必等我。”

顾延霆闻言，什么也没说，只弯下腰身，伸手将宋时壹从被子里抱出来。

突如起来的悬空让宋时壹有些失措，只能本能地伸手钩住他的脖子，涨红着脸，结结巴巴道："你……你干什么？放我下来。"

"昨晚对不起。"顾延霆并未停下步子，他紧抱着宋时壹边往衣帽间走边沉声在她耳边说。

而这话传入宋时壹耳中，她刚沾染上红晕的脸瞬间白了。果然如她所想，他在后悔！鼻头不知怎么有些泛酸，她竭力忍住那股酸意道："不必了，大家都是成年人，偶尔擦枪走火很正常。我还要感谢你呢，让我走出了第一步，以后和谁一起，也不用顾忌……"

"宋时壹，"顾延霆眼里渐渐染上冷意，"你知道你在说什么？"

"我说，不必说对不起，我还要感谢你，让我之后和谁交往都……"

男人的吻在这时候重重地撞上来，把宋时壹未说完的话堵在了她的口中。她反应过来推搡挣扎，却被他强有力地抵到墙上，他的长舌霸道地撬开她的贝齿，汹涌地闯进来……

宋时壹渐渐放弃了抵抗，眸中也染上了灰败。

顾延霆也没闭眼，将宋时壹的反应看得一清二楚。

他唇从她唇上离开，但身体依旧禁锢着她，声音很轻语气很淡："宋时壹，我告诉你，你要是敢出去找别的男人，我杀了他。"

可说出来的话，暴戾残忍。

宋时壹只觉一阵火气上涌：“你凭什么管这么多！你不是后悔要了我吗？那我去找谁关你什么事？关你什么事？”她边说，边抬起手捶向顾延霆。

“我后悔什么？”顾延霆立刻抓到了重点，大掌一收，直接将她两只纤细的手腕牢牢抓住。

“那你对不起什么？对不起，我酒后失控把你当成了别的人？对不起，这些都是意外，如果你要我负责那我就负责？顾延霆，要不要我给你提前找好借口？昨晚上还热情似火，早上起来就这么生硬冷漠，不是后悔是什么？”宋时壹气疯了，什么都没想地脱口而出。

顾延霆听到她歇斯底里喊出来的这些话，先是一怔，随即笑意浮进他的眼。

他含笑凝住宋时壹：“你的脑袋里到底装了多少乱七八糟的东西？看来平时一定要让你少看那些狗血的言情小说和偶像剧才行。”

宋时壹被他眼底的这抹温柔震住。

“壹壹，”男人身子缓缓靠过来，轻轻将她抱住，“其实我早上也很紧张，我不知道该怎么面对你，怕你害羞怕你不习惯，只是我没想到会让你误会。昨晚的事，我很高兴，我非常非常高兴，因为那个人是你。”

天地间仿若一下安静下来，他缓慢而温柔的话语、他轻轻的呼吸声，与她如鼓的心跳声交缠在一起，世界一片美好。

“咕噜……”宋时壹窘迫无比地低垂下头。

偏偏有人忍不住“扑哧”笑出声：“闹了这么久，饿了吧？”

宋时壹抬头，羞窘难当却又无可奈何地白了他一眼。

顾延霆眉眼间浮现的笑意越来越重，他将她再次抱起，一边迈着长腿往衣帽间走一边戏谑：“嗯，要是还不饿，我都要担心昨晚是不是没满足你。”

这是宋时壹第一次见顾延霆如此开放，这让她太不适应了，她震惊地换好衣服一路到楼下人都是晕晕乎乎的，害得顾母和宋母还以为她是生病了……

饭后，顾延霆顺路带宋时壹和宋母一起去医院。

宋母虽然手术成功，恢复也还不错，但为保险起见，还是需要定期去做检查。

快到医院的时候，顾延霆转头问：“要我陪你去办住院手续吗？”

他声音温柔，宋时壹抿唇笑了笑，摇摇头回答："我自己可以，你直接去上班吧，估计有一大堆事等着你呢。"

"让老白送你和妈去。"

"真……"

"听话，你自己，我不放心。"

……

顾延霆下车后，宋时壹望着他高大颀长的背影，嘴角不由得上扬。

曾以为他是不食人间烟火的高冷男神，不想说起情话来，竟一点也不含糊。

4.

在司机老白的陪同下，宋时壹很顺利地帮母亲办理好检查手续，就送她去病房。

才把东西放好，就听到病房外一阵高过一阵的嘈杂声和哭喊声。这是住院区，这里的患者都需要安静，宋时壹皱了皱眉，和母亲交代了几句后，就出来查看情况。

吵闹声是从旁边的病房里传出来的，宋时壹走到门口的时候，恰逢一个护士从里面跑出来，宋时壹就一把拉住她：“悦乐。”

小护士被拉住，下意识地抬头，见是宋时壹，惊讶了一下：“哎，壹壹？”

来不及寒暄，宋时壹指了指病房里，小声询问：“怎么回事？”

“唉，别提了！”悦乐叹了口气，见宋时壹一脸疑惑的样子，解释道，“昨晚被送进来的，检查之后发现有心脏病，让住院观察，可这病人醒来之后死活不愿留在我们医院，说什么……”

悦乐的话还没说完，病房里面就传来男人愤怒又恐惧的叫喊：“让我出院，我不要住你们这无良医院，你们是治死过人挖人心脏的黑心医院，没一个好东西……”

悦乐于是对宋时壹耸耸肩，说：“喏，你听，就这些。”

“治死过人？挖人心脏？”

“别听他胡言乱语，医疗意外谁都不想发生，但是也不可能完全避免。这病人不知道从哪儿道听途说，把咱们这儿说得跟器官买卖中心似的，吓到其他病人不说，咱们这一晚都在跟患者解释……”悦乐抬手指了下自己脑袋，“听说他大脑好像有点问题。哎呀，吵死了，我不和你说了，得去喊医生过来。”

悦乐不待宋时壹回答，一阵风般地跑开了。

宋时壹怔怔地靠在门边的墙壁上，身上传来一阵又一阵的无力感，里面的叫喊还在持续，黑心医院、挖人心脏被反复提起，她脑海里一片翻江倒海。

门突然被打开，从里面冲出来一个激动得手舞足蹈的病人，宋时壹一下子没反应过来，被他一下子扣住手腕拖得转了个身。

“啊！”她发出短促的尖叫声，下意识要挣脱。

对方在看清她样子的时候，更加兴奋了。

男人拽住她的手，手背上青筋暴起，他把脸凑过来，眼睛里闪烁着狂热的光：“啊，是你！我认识你，你是宋时壹对不对？”

“你怎么知道我？”从男人口中听到自己的名字，宋时壹一阵错愕。

“嘘！”男人神神秘秘地探头看了看四周，一副小心翼翼的样子，还刻意压低了声音，“不要说话，宋小姐不要说话，会被人听到的。来，我告诉你一个秘密。”

男人将嘴巴贴向宋时壹耳朵，气息喷洒过来，让宋时壹感觉恶心，她下意识要躲，却被死死禁锢住，只能任由男人阴凉的声音和着呼吸一道灌进耳中：“这家医院住不得啊，杀活人哪！活生生的人他们说救不活就救不活，弄死他们挖去他们的心脏，可以卖好多钱呢！”

男人越说越激动，抓住宋时壹的手也越来越用力，疼得她浑身冒出冷汗。

像是突然想到什么，男人表情瞬间变得十分严肃，嘴唇几乎和宋时壹的耳朵贴在一起了，她本能地想躲避，但是冲进耳朵里的话让她如遭雷劈——

“你的男朋友，对，就是你的男朋友，也是被这样对待的，他和我弟弟一样。他是第二个，哈哈哈哈，第二个，第二个！”

宋时壹瞳孔一缩，再顾不得恐惧害怕，伸手拽住陷入癫狂的男人，急切地问：“你说什么？”

“用刀切开他们的胸膛，他们把手伸进他们的身体，”男人仿若没有听到宋时壹的询问，他边自顾自地往下说，边模拟做出动作，“在里面掏啊掏啊……把心脏掏出来，把肝掏出来……”

他表情扭曲，眼睛瞪大，瞳孔里面仿若沾染了血色，整个人看起来十分癫狂可怖。但下一秒，他又似看到什么恐怖的画面，脸上浮现害怕的神色，双手环抱着头不住后退，嘴唇哆嗦着：“不要过来，不要杀我，我什么都没看到，顾医生，放过我……求求你，放过我……别杀我！”

“哪个顾医生？你认识陆随？你弟弟是谁？”宋时壹心底的紧

张和恐惧更甚，男人说的这些像是一根根扎进她心里的刺，她已经无法思考。

“啊！”抱头瑟缩的男人忽然暴出一声惊恐至极的惨叫，连滚带爬地奔回病房。

宋时壹追上去时，病房门已被重重摔上，她去拧门把，门却已经被从里面锁上。

“你出来！”宋时壹红着眼，发狠地捶着门，可门内依然一片静寂。

周围围满了好奇的病患，其中还有听到女儿声音赶紧出来的宋母。

宋时壹缓了缓情绪，强行压下种种不适，跟大家解释她就是医院的护士，刚才那位发狂的病人是因为心里恐惧过甚产生了幻觉。

人群散去，宋时壹疲累地扶着母亲回房，安抚好母亲后她再度来到那扇房门前，里面疯狂的男人已经在医生的钳制下强行被注射了镇静剂，这时候已经安静地睡着。

宋时壹虚脱地靠着房门，刚刚的一切，竟像是幻觉。

余生请多宠爱

DISHIERZHANG

第十二章

这件事情绝对不会与顾延霆有关，一定是哪里出了差错。

1.

夜幕降临。

顾延霆洗完澡推开房门，屋子里静悄悄的。视线往床那边扫，黑色大床上有一团小小的拱起，告知着他有人已经上了床。

冷硬的面部表情不由得柔和下来，顾延霆迈开长腿，几步走到床边。

掀开被子，高大的身子躺进去。

可她并没如往常一般将柔软的身子朝他依偎过来，背对着他一动不动仿若雕塑。

顾延霆侧侧身，柔声道：“睡了？”

没有回应，大概是睡了，但……他明明看见她的睫毛方才微微颤了颤。

嘴角轻轻勾起，浓烈的欲望自那双幽深的黑眸里缓缓升起。

一只大手从被子里斜插过来搭上腰，那手心灼热的温度烫得宋时壹敏感一颤，抿抿唇，她小幅度地挪了挪，想脱离那只手的掌控，却怎么也甩脱不掉。不仅如此，那手还有要往上作乱的趋势。

“小叔叔，我要睡觉了。”

“嗯，你睡你的，”男人声音喑哑几分，“我做我的。”

“不要。”宋时壹一把按住顾延霆的手。

“怎么了？”她此刻反应过大，顾延霆敏锐察觉到不对劲，搭在她腰间的手微微使力，将她身子翻转过来，“身体不舒服？”黑眸眯起，“还是发生了什么事？”

宋时壹闭上眼，回：“没。”

“不要瞒我。”顾延霆敢肯定，她一定瞒着他什么事。

偏宋时壹不作声，他只觉得有一股子闷气在胸腔里面乱窜着。

……

下巴处忽然传来的疼痛感，令宋时壹不得不睁开眼睛，正对上男人紧绷着的下颔线条，而他一只大手的手指掐在她下巴，这是疼痛的根源。

“你做什么？”宋时壹双眸怒视着顾延霆。

“今天发生了什么事情？”顾延霆加重语气，一字一顿重复之前的问话。

宋时壹心头涌上很多复杂情绪，最后却是敛眉藏住情绪，平静道：“刚刚不是说了，没什么事。”

“既然没什么事，那我们做吧！”

他非常清楚宋时壹的每一点心思，一定有事，而且还不小！既然她不肯说，那他有的是办法让她说。

男人起初吻得有些发狠，看她吃疼地低哼，渐渐变得温柔，温柔得让她禁不住沉迷，下意识地回应他……

“顾医生，别杀我，我什么都没看到，别杀我，顾医生……”那声音犹如魔音入脑，激得宋时壹浑身一颤，下意识伸手去推顾延霆。

太过突然，顾延霆反应不及被推开，但下一瞬，他高大的身子再次完全覆盖住宋时壹，低哑的声音恼怒地问：“你到底瞒了我什么？”

宋时壹紧紧盯着顾延霆的眼睛，手迅速抬起挡住嘴巴，瓮声瓮气："别碰我。"

"原因。"

顾延霆微眯双眼，带着危险和压力紧紧盯着宋时壹，犹如一只正在散步的猎豹，看似优雅散漫实则更具有攻击性。

宋时壹知道自己撒谎时惯有的小动作一定会出卖她，也就不敢随便敷衍。

可……要说些什么？把今天上午发生的事告诉他？与他无关那还好，若是与他有关呢？不，不会的，怎么可能和他有关？！

宋时壹的思绪千回百转，到最后，她面带挣扎之色缓缓开口："我问你一件事。"

不待男人回复，宋时壹像是害怕什么一般，紧接着快速问道："三年前，你为什么从心胸外科转到脑外科？"

顾延霆没想到宋时壹会问这个问题，他微怔，幽深瞳孔中浮现一丝紧张情绪，不过很快就散了。他开口，声音如往常一般平静无波："怎么忽然问这个？"

"回答我。"宋时壹拔高音量。

"不是和你说过了。"

“真是那样简单的原因？”男人眼中的紧张宋时壹没有错过，她的心像是失了重般往下沉，声音里不自觉带了一抹尖刻，“不是别的？比如做了什么昧着良心的事？”

顾延霆之前察觉宋时壹有心事，此刻更加确定她一定是对他有了误解，否则怎么会无缘无故地追问多年前的事，那时候她应该还没有回国才对。

顾延霆皱起眉头，声音沉沉：“你想问什么？直接说。”

“没什么。”顾延霆严肃以对时，宋时壹却忽然缓了语气，甚至还笑了笑，“休息吧。”

她说完就转过身子，中途忽然顿住，重新回眸望着顾延霆：“哦，对了。”

顾延霆无言挑开长眉。

“小叔叔，”藏在被窝下的手紧紧握成拳，指甲陷入手心，微微有些疼，连带着心，“以前，心胸外科，除了你姓顾之外，还有别的姓顾的医生吗？”

虽不知她问这个做什么，今晚的她处处透着古怪，让他捉摸不透，但顾延霆还是准备回答了，只是他话还未出口，她就截断他：“好了，我就是问问而已，你不用回答。”说完这句之后，她真就转身了。

而顾延霆，僵着身子望着她蜷缩着的小小身影，眸色黑沉，起起伏伏。

2.

在过去的三年里，宋时壹总是会做噩梦，她梦见陆随躺在手术台，心脏缺失、鲜血直流……

在她和顾延霆同床共枕之后，很神奇的是，她再也没做过那个梦，从来是一觉好眠到天明。

可这一晚，那个恐怖的噩梦再次升级——病房里那个癫狂的男人被人压制在手术台上，一个穿白大褂戴着面罩的男人举着一把手术刀，刀光冰凉，缓缓下行……

她惊恐得想尖叫，却怎么也发不出声音。她看着鲜血涌出，看着白大褂男人伸手取下面罩，那一张模糊的脸渐渐清晰，额头、眉毛、眼睛、鼻子、嘴巴，是……是顾延霆！

“啊……”惊恐的尖叫终于冲出喉咙，宋时壹脱离噩梦，睁开眼从床上翻坐起来。

呆坐了好一会儿，冷汗还是不断地往外冒，呼吸很重，心跳快到无法想象。

身侧的顾延霆已经不在，大概是医院那边出了什么紧急情况，召他过去了吧。

他们同床以后，她醒来不见他也有许多回了。

偶尔他走时，她惊醒，就着昏黄的灯光，半眯着眼偷偷地看他起身穿衣，轻轻带上门；偶尔他会将她弄醒，舍不得她似的，压下高大的身子将她吻醒，越吻越缠绵，两人都身体滚烫，气喘吁吁，好几回他搂着她在她耳边说不想去医院……那时的他，一点不像他，就是一个被爱情被欲望浸透的男人，浑身上下性感得要命……缠绵到点，他还是会拾起自制力，和她吻别，然后赶去医院。

明明是出身高贵、养尊处优的男人，偏偏做着这样一份平凡又极度繁忙的工作。

纵使眉眼间浮现疲倦困乏，因为医院的一个电话，病患一个小小的情况，他就像是上了发条的时钟，奔走不停。

所以，这样的他……完全无法让她将他和黑心医生联系到一起。

直到现在，虽然她无法说服自己，但心底还是依然相信他的，只是她需要找到证据。

害怕、恐惧、矛盾、挣扎的情绪让她的心高高悬起又落下，简直要疯了，再这样下去，她一定会疯掉。

要选择相信，这样过下去吗？

那……陆随呢？！她曾经许诺的呢？！

会安心吗？噩梦不会日日夜夜纠缠她吗？会幸福吗？

如果，最后被她发现真的是他，要怎么办？！

不，不会的……宋时壹摇头，再一次在心里否认，这件事情绝对不会与顾延霆有关，一定是哪里出了差错。

睡不下去了，宋时壹起床直奔医院心胸外科，在科室办公室看了上班考勤表之后，又往秦勤的办公室跑。

“学长。”

“壹壹？”秦勤听到宋时壹的声音，惊讶抬起头，随即笑道，“这么早……”

“学长，我有点事情想请你帮忙。”秦勤寒暄的话还没说完，宋时壹就直接打断。

“什么事情？”秦勤脾气极好，见宋时壹一脸紧张，立刻关心地询问，“是伯母的身体问题吗？”

“不是。”宋时壹摇头，“其他的事情，还有点棘手，但……

学长可能只有你能帮我了。”

她此刻急迫地想查清真相，不知道是那个癫狂男人刺激的，还是她内心想要替顾延霆洗清嫌疑的想法促使的。

最直接的方法莫过于查找那些封存的档案，一直以来，宋时壹锁定的也是这里，只是那些资料，她哪有资格翻看？她准备了这么久，也丝毫找不到一丁点的线索，可是，她再也等不下去了。

“你先说说看，我力所能及的，一定相帮。”秦勤十分爽快。

“我……我想要查看一些以前的手术档案和病患资料。”宋时壹呼出一口气，把自己的想法说了出来。

“这个……”闻言，秦勤皱起眉头。

“不可以吗？”宋时壹心往下一沉。

“不可以。”秦勤长叹一口气，双手在桌面相叩，“壹壹，你也是在这儿上班的，我们医院各项规章制度，你应该都清楚，除非有特殊情况在得到批准的情况下才能查看，否则那些手术档案和病患资料，都属于医院的加密文件。”

“真的没有一点办法吗？”宋时壹喃喃。

秦勤沉默不语。

宋时壹双手绞着衣服下摆，哀求：“学长，我知道这很为难你，但算我求你帮帮我，好不好？我真的必须要这样做。”

“能告诉我非做不可的理由吗？”

沉默好半晌，宋时壹像是下定决心一般，缓缓开口：“我在国外的时候，交了个男朋友，我们约定等他做完手术就结婚。但是，三年前，他回国做手术就再也没醒来，就死在这家医院，最后医院判定为医疗意外，可……他明明是动一个小到不能再小的手术，出意外的可能低至 5%，怎么会……”说到这里，她有些激动，不过很快又冷静下来，“我不是胡搅蛮缠，我也知道任何手术都有意外。可是就在我接受这样的事实后，有人告诉我，事实并不是这样的，他很可能不是死于医疗意外，可能是被谋杀，因为他身体里的器官被拿掉了……”

“这不可能！”秦勤震惊于宋时壹此时所说的这番话，几乎在她声音落下后就立马否定。

“我也想这不可能，”现在的她比任何人都希望这是假的，泪水涟涟，“可是学长，如果真的不可能，怎么会有这样的消息传出来呢？学长，帮帮我好不好，拿不到他的手术资料，我这辈子都不会安心，我只要看一眼，我只要知道他……是不是真的走得那么冤枉……”

“可是……”秦勤看着她泣不成声的样子，内心开始有些动摇。

“我知道医院的规章制度，我都知道，这件事情若是被发现，你会被处分被停职……但是，学长，我真的是没有办法了，除了找你之外，我真的不知道该找谁帮我……要不这样，只要能拿到资料，我只要看一眼，就立刻去自首，就说是我偷的，我自首就不会有人查这个事了……学长，好不好……”宋时壹哽咽着，无助地望着为难的秦勤，也觉得自己做得有点过分，这样的责任不是谁都能承担的。

“算了，学长，这好像真的太强人所难了。一旦被发现，你又怎么可能不要承担责任。是我太自私了，还要你搭上你的前途来帮我，对不起！”宋时壹红着眼，精神有些恍惚地冲秦勤深深一鞠躬，“学长，是我太冲动了，对不起。”说完，她起身就要离开。

“等等。”秦勤忽而一把拉住她，“我帮你。”

3.

一场抢救手术历经了近五个小时，顾延霆从手术室出来的时候已经是早上十点。

“顾医生，要一起去吃早餐吗？”同台手术的医生过来。

“不了，”顾延霆摇头，“你们去吃吧。”

“不吃早餐怎么行，而且忙活了这么长时间，过一会儿你还有一台手术，你要是累了不想下去，我们可以给你带，你想吃……”

“谢谢，不需要，我太太会给我送早餐过来。”顾延霆出言打断了他。

那医生目瞪口呆，步子顿住。

顾延霆则像浑然不觉自己方才说了怎样惊人的话，自顾自地往办公室走去。

到办公室，未做任何的停留休息，他换了一身干净衣服，就往心胸外科去。

这时候，她该是过来了。

可当他到宋母的病房时却并没有见到人，连宋母也不在，只有一个护士在做整理。

顾延霆问：“这病房里面的人呢？”

“哦，阿姨去厕所了。”小护士回答完，见顾延霆还盯着自己，连忙补了句，“她女儿刚刚过来送了早餐又走了，好像是有什么事情。”

“嗯。”顾延霆闻言低应，视线扫到摆在不远处的餐点，走过去，径直拿起来吃。

小护士见着顾延霆这动作并未觉得有什么不妥，她一直负责照顾宋母，这样的场景已经见过好几回了，初时倒是吃惊的，后来，知道宋时壹是顾医生带着的见习生，也就没什么想法。

……

病房里安安静静的，外面却吵吵嚷嚷的，有点不似平日。

顾延霆不由得皱了皱眉。

一直偷偷打量着他的小护士见他这样，暗暗欣喜，觉得是个机会，便试着搭话："顾医生，是不是很吵？这几天隔壁病房住进来一个病人，每日都闹腾个不停呢。最为夸张的是，他闹着不愿意接受手术，还造谣说我们医院的医生故意弄死病人，挖病人心脏……啧啧，要不是他家人说他有精神病，并且手术日期已经定下来不愿意转院，真是希望他快点离开，不过……"

小护士本说得津津有味，忽而对上顾延霆看过来的眼神，呆了下，后知后觉自己是不是多嘴了，赶紧道歉。

"不过什么？"顾延霆追问。

小护士一下又来了劲，兴奋地接着说："不过，这事情也确实有些奇怪。我表姐之前也在我们医院上班，她告诉我三年前也有人这样闹过，就在我们心胸外科。一个医生连着两台手术都发生意外死亡，之后不久就有人来我们医院这样闹了，说那两台手术都不是意外，是那医生故意的，还说是做什么黑市器官买卖……言之凿凿的，吓死人。当时这事情好似也闹得很大，但后来又奇怪地没了声息。我表姐说，是因为那医生家庭条件非常好，把一切都摆平了。"

小护士没注意到顾延霆微变的脸色，还以为引起了他的兴趣，也就继续说个不停："我表姐也就是因为那事情被辞了，不止她，整个心胸外科的医护人员都大换血了呢！从前的医生护士几乎都走了，现在全是重新招来的人。"

小护士八卦地问："对了，顾医生您以前不也是我们医院心胸外科的吗？这事情您听说过吗？是谣传，还是真有其事啊？！"她的好奇心完全被吊起来了。

"顾医生，您……您怎么了？是我说错什么话了吗？"没有回应，这时小护士才感觉到不对劲，她瞄了眼男人的脸色，非常不好看，他周身萦绕着的冷漠气息也仿若比之前更重。她一下子慌了。

"没事。"顾延霆闭闭眼，从沙发上站起来，"我待会儿还有手术，先上去了，宋伯母出来，你和她说一声。"

"是是是。"小护士忙不迭地点头。

顾延霆没想到自己下来一趟会听到这些，一个关于他，可他本人却完全不知晓的故事。

小护士嘴里的那个连着做两台手术都出现意外的医生是他，可手术后的那些耸人听闻的后续他却是一点不知道。当然，谣言四起的时候，他已经出国进修了。且不可否认，对于这个事情他有所逃避，纵使发生意外不是他本意，可看着活生生的两条人命自他手上逝去，他是既内疚又痛苦的，所以才会无法承受地自我放弃和逃避……

出国那几年，他完全封闭了自己。后来，他也多少知道了家里对这个事件的封锁，他以为不过是家里不希望他身上有一丁点污点，即使那根本不是污点，不想后面还有这样一出大戏。

故意为之、挖心脏，这当然是不可能的，只是为什么会流传出这样的说法？这其中到底发生了一些什么？

顾延霆思考着往外走去，下一秒却猛然顿住……他余光里闪过一张熟悉的面容。

只是，当他要仔细去辨认，那人已消失不见。

与此同时，他兜里的手机振动起来。

他摸出手机查看，是闹钟，提醒他下午手术的时间。

于是，他暂时放弃了方才的想法，转身先回脑外科。

DISHISANZHANG

第十三章

学长，你能不能让我一个人待一会儿，我想要一个人静一静。

1.

虽然秦勤答应帮着宋时壹去翻档案，但这种事也只能是他独自一人私下隐秘谋划。

他花了一些时间，拿到了电子档案室的登录密码，也用了一些手段拿到了存放纸质档案柜的钥匙。

这一切准备好以后，他打电话约宋时壹晚上过来。

马上就要面对真相，宋时壹并没有想象中的欣喜，反而心事重重。早上她去给母亲买早餐，恍惚间却走到了马路上，差一点出事。

买早餐时，她习惯性地买了三人份，怔怔地看着拎在手上的三份早餐，忽然想起亲密时顾延霆与她抱怨说早上他要是在家，做早餐都有她的份，到她这里竟是连顺带着买一份早餐都吝啬……从那时开始，她早上就一直买三份早餐，后来就自然而然成了一个习惯。

她就这样站在街头，拎着一堆早餐泪流满面。她不知道过了今晚，是不是一切就都要大变了……

陪母亲用完早餐，不待顾延霆过来，宋时壹就离开了医院，她没有勇气在真相未查清楚之前再面对顾延霆。而且，她今天一定要去城北墓园，看看陆随。

城北墓园。

照片上陆随温柔的笑脸依旧，阳光下的面容年轻俊朗，只是墓碑上满是泥泞。宋时壹才恍然发觉自己有好长一段时间没来了。从前每隔上几天就会过来，现在，她像是要将这里给忘记了。

怎么可能忘记那么深爱的人，怎么可能呢？

“阿随。”宋时壹缓缓蹲下身子，如以往一般去抚摸贴在墓碑上的照片，心里有情绪涌动，却再没那般窒息的痛感，曾经空了的心脏好似重新被什么填满，于是连带着那窒息的疼痛也消失了。

“阿随，对不起。是我不好，是我没有守着我们的承诺，阿随，对不起。”

该羞愧的，感情这档事向来由心不由人，她如今除了对着他说抱歉，再没别的什么可说。不知道从什么时候开始，她已经做不到将顾延霆从心里面移除，那比要了她的命还难受。

“阿随，你放心，真相我一定给你找出来。就算是他……就算是他，我也一定会揪出来，不会让你死得不明不白……”

“可是，阿随，”眼泪从宋时壹的眼眶里面往外面滚，一滴一滴晶莹剔透的泪珠顺着脸颊往下滑，“能不能……不要是他，不要是他，拜托，不要是他好不好……”

天气很是多变，上午明明是晴空万里的好天气，到下午的时候，乌云遮住天空，惊雷阵阵，一会儿工夫，滂沱大雨便落了下来。

宋时壹从墓园回来，就径直到了秦勤办公室，彼时她脑中一片空白，站在窗边看着外面淅淅沥沥的雨。

“要不要喝一杯咖啡？”秦勤交接班回来，见到她这副神游太空的模样，实在怕她这样下去，回头出了什么毛病。

“不用，谢谢。”听到秦勤的声音，宋时壹回眸看了他一眼，勉强一笑。

“要查清楚真相了，你怎么看起来还是这么闷闷不乐的？”秦勤给自己冲了一杯咖啡，时间还长，这样的沉默相处，让他也有点难受。

“有吗？可能是累了。学长，真的谢谢你。”

“行了，”秦勤一听宋时壹又道谢，摆着手，“你今天都不知道谢过多少回了。”

“嗯，大恩不言谢。”说完这句，宋时壹又沉默下去，越接近真相，她心越恐惧，甚至……还起了退缩之意。

她的心已经背叛了他们的爱情，她的理智不能再背叛道德、背叛他。

夜，无声无息地到来。

“走吧。”秦勤看了眼墙上的时钟，近十一点了，差不多可以了。他从办公椅上起身。

“嗯。”宋时壹哑声答应，脚步却是迟疑了。

秦勤察觉她的犹豫，疑惑开口：“怎么了？”

“没事，走吧。”宋时壹勉强笑了笑，随即跟上他的步伐。

……

十一点，外面的世界正是灯红酒绿放纵沉沦的时候。

而这个点的医院，已经很安静，安静中还透着几分诡异，尤其是当脚步声一声一声响起在空荡的医院走廊，让人背脊一阵发凉。

“进来吧。”

档案室门口，秦勤左右看了看，见没人，便打开门，领着宋时壹进去。

两人进去后很快将门带上，同时打开室内的灯。可能因为太过陈旧了，灯并不是很亮，室内有种灰败的感觉。但到底是有光了，便清楚可见眼前的一排排架子，上面摆着自南雅医院建立以来接收的所有病人的档案，有一些因为年代久远落了灰尘，像是摆放着一段尘封的历史。

“这些纸质档案，纵使分了年份月份，但南雅接收的病人数以万计，有些难以翻找查看，我们先查查电子档案，看是不是有你想要的，如果没有，我们再找纸质档案。”

“好……”

2.

凌晨一点，脑外科手术室门口的椅子上，顾延霆正坐着休息。

他看起来似乎有些疲惫，眉心紧紧地拢成一团，而眼睑下方一圈乌黑。

一天下来，他已做了三台手术，还都是风险极大的。即使此时早已过了十二点，只要还有病人，他一天的工作就还不算真正完成。

每一台手术，他都是全力以赴，毕竟是要和死神作斗争，一分甚至一秒都不能走神不能出差错，尤其在三年前的事情发生后，他对自己要求更为严格。

他靠着墙壁，低低地垂着头，强迫自己放空休息，但是闭上眼，脑海里却全部是她俏丽的笑脸，无数个模样的她在脑海里横冲直撞。

低低叹一口气，顾延霆睁开眼从衣兜里摸出手机，修长的手指摩挲着手机屏幕，似是在犹豫挣扎，最后按亮手机屏幕，拨出电话。

……

在寂静的空间里忙碌着，忽然感受到衣兜里传来的强烈振动，宋时壹吓得失手把手中正在翻的档案掉在地上。

“你的手机在响。”

还是秦勤提醒，她才如梦初醒，急急从兜里摸出手机。手机屏幕上“老公”俩字清楚地映入眼帘，令她的心狠狠一震。

随即，又是矛盾、纠结。

要接吗？

这一刻她还忙着追查前男友的死是不是和他有关，而他恰在这时打来电话……

宋时壹告诉自己，不见他，那就听听他的声音吧。这一晚过后，也不知道他们之间会出现什么样的变数。

“喂。”这样的想法刚冒出来，大脑还没得出最后的结论，动作已经先行一步，按了接听键。

“睡了吗？”那边似乎没想到她会接起电话，有一瞬间的沉静后才有低沉男音传过来。

不知怎的，听到他的声音，宋时壹突然鼻头一酸，她轻轻吸了吸鼻子，回道：“睡了还能接你的电话？”声音里已不自觉带了些娇憨，那种在情人面前才会流露出来的情绪，她压根没法压抑。

“呵，也是。”他仿若在笑，无奈的语气中带着宠溺。

两个人同时安静下来，在这样的深夜，就这样听着他的呼吸声，透过话筒与她的交缠在一起，宋时壹突然生出一种岁月静好的感觉。

倘若能一瞬永恒，该多好。

他那边传来一声呼唤：“顾医生，该进手术室了。”

“我去忙了。”

“好。”

“晚安。”顾延霆顿了顿，良久，才又缓缓地用极尽温柔的嗓音道，“宝贝。”

宋时壹要挂电话的动作就那样僵住……

秦勤见她呆了那么久，便走过来询问。她也清醒过来，像是被人撞破心事一般，脸兀地红了。

秦勤见着打趣道：“男朋友？”

“不是……”

秦勤一脸不信：“学妹你这一脸娇羞，怎么看都像是沉浸在恋爱中的样子。”

“学长，我和你说过的，我男朋友已经死了，就死在这家医院的手术台上。”

原本轻松愉悦的气氛在宋时壹这话落下的一瞬，重新变得沉闷。

“抱歉。”秦勤低声道歉。

宋时壹有些懊恼地抿抿唇：“这话该我说，我刚刚情绪激动了一点。”

“没事。”她这样子自然是落入了秦勤眼中，他大方地挥了挥手，“我们不说这个，赶紧继续找档案吧。”

“嗯。”

他们查找了电子档案，却没找到一丁点关于陆随的信息。但是陆随明明是在这家医院看的病、住的院、做的手术。如果说不是有人动了手脚全盘删除，那么也不至于消失得这么彻底。

宋时壹犹如被兜头泼下一盆冰水，她内心在不断颤抖，不自觉地祈求这一切和顾延霆没有关系……

电子档案找不到，她和秦勤便开始翻纸质档案。

时间一点一点地流逝，转眼几个小时过去，他俩一无所获。

宋时壹绝望地叹了口气，低垂下头，视线不知落在何处。

也正是这个角度，她看见一处角落的夹缝里有东西，屏息靠过去，艰难地从夹缝中将东西抽出来，拂去灰尘。

那是陆随的病历档案，可她根本不敢打开看，只颤抖着将文件递给秦勤。

密封条被撕开，病历本被拿出，翻开……

一行行白底黑字映入眼帘，看诊医生、主治医生、手术主刀医生那一栏的名字，全都是同一个名字——顾延霆。

宋时壹只觉得胸口被一块巨石压住，瞬间呼吸困难，眼前一阵发黑，要不是及时伸手攀住身侧的架子，她连站立的力气都要没有了。

“学妹，这……这不是真的吧？”秦勤的反应也好不到哪里去。

顾延霆是秦勤非常敬重的榜样，自读了医科大学以来，他耳边就一直传着顾延霆的事迹。他亦紧密关注着顾延霆的动向，在他心里，顾延霆是偶像是传奇——年纪轻轻，智商超群，在医学领域有着过人的成就，又不卑不亢，一颗心全然为了病患。

一纸诊断书也许不能说明什么，但是这一晚他们大费周章找到的真相，就是有病人的资料被隐瞒被销毁，这已经侧面证明了一些疑问的存在……

秦勤只觉得他的世界，有什么在轰然崩塌、颠覆。

“学妹，我们去找顾医生，去当面问问他，这到底是怎么回事。我不相信……说不定是同名同姓的。不能单凭这一点就给顾医生定罪，即使这一台手术真的是经他的手出了意外，可你说的什么故意为之……那绝对不是顾医生会做的。”

秦勤激动地伸手去拉宋时壹。

“学长。”她的身子一点一点往下滑，声音干涩沙哑。

“壹壹，”这时，秦勤才发现不对劲，他蹲在宋时壹面前，有些着急，“你……你怎么……”

宋时壹抬起头，在斑驳的光影里，他见她双眸血红、满脸泪痕，是他从未见过的模样，剩余的话全卡在了喉间。

“学长，你能不能让我一个人待一会儿，我想要一个人静一静。”

3.

与此同时，脑外科手术室里，在经过竭力抢救无效后，一条生命正缓缓流逝。

“顾医生，病人没有生命迹象了……”

心电图上的那条生命线变成一条直线，宣告着这位病人已经离开人世。

手术室里一下子就安静下来，除了在场医生护士的呼吸声，以及仪器发出的尖锐响声外，再没有半点声息，手术室弥漫着悲沉的气氛。

良久，才有声音在这一片死寂中响起：“死亡时间：2016 年 12 月 17 号凌晨 4 点 23 分 39 秒；死亡原因：大出血，经抢救无效，确认……脑死亡。”

是顾延霆的声音，如往常一般平缓、沉稳。

可是否真的没有任何情绪的波动？只有他自己知道。

时间从他走出手术室的凌晨四点半滑到五点，他一直没有离开手术室这一层楼，他在走廊尽头的长椅上坐着。他身上的手术服上还有斑斑点点的干涸了的血迹，他低垂着头，额发遮住了他的眉眼。但脸部轮廓依旧分明，镌刻出冷漠的味道，唯独那抿住的薄唇，泄露出来几分其他的情绪。

不知过了多久，窗外原本黑沉的天空渐渐亮起一些微光。

顾延霆稍稍挪了挪身子，抬起头微微后仰，一只手搭在眼皮上，又坐了几十分钟，终于从椅子上起身，迈步离开这里。

他没回办公室换衣服，直接乘电梯到地下车库，驱车回家。此刻，他迫切地想要见到她，半个小时的独自冷静，没有成功，他需要她。

车子开出车库，他在路上给她打电话，一遍两遍三遍……始终无人接听。

后视镜里映着男人的脸，仿若在狠狠压抑什么情绪，脸部线条全都紧绷着。

车子被他开得飞快，不过二十分钟，已经驶入熟悉的小区，停在家门口。

也不打伞，他就这样推开车门，高大的身子走进雨幕里，走向家。

推开家门，里面是一片冷清，并没有人在家的迹象。他心中划过不好的预感，疾步往卧室奔去。

人不在。

男人的脸色彻底冷下来，冷漠的神色里隐约还有着担心。

这个时候，她没在家里，会去哪里?

难道，她还在医院陪着妈? 那数小时前，她在电话里怎么半句也没提?

顾延霆竭力冷静，克制住胸腔里翻滚着的情绪，他转身往外，再度驱车返回医院。

宋母听到响动，缓缓醒过来。

“延霆？”她睁开眼，看到面前穿着一身沾血手术服的顾延霆，吓了一跳，“怎么这时候就过来了？还是没回去? 刚刚加完班吗？”

“是。”顾延霆进来时就里里外外地看了，没有宋时壹的身影，所以她应该不在这里。不想宋母担心，他勉强维持着微笑回复，“刚刚加完班，准备回去了，临走前想着昨个变天了，来看看您。您冷不冷，要不要把暖气打开？”

“你有心了，妈不冷，挺暖和的。”宋母和蔼地笑，看看窗外，“这天都快亮了，你累了吧！赶紧回去歇息吧，我这里不用担心。这下着大雨的你开车慢点啊。”

“谢谢妈关心，那我就先走了。”顾延霆脸上没露出半点破绽，他笑着应下，转身往外走。

但走了没几步，他又返回宋母床前：“妈。”

“还有什么事吗？”宋母疑惑地望着他。

“妈，对不起，让您担心了。”

“怎么了这是？”听到顾延霆这话，宋母更加不解，但隐约察觉了什么，“是不是壹壹出什么事了？”

“前天晚上我们之间似乎有些不愉快，昨天我工作也忙，一天都没见到她。但数小时前我给她打电话，倒没察觉什么不对劲，只是我方才回家，在家里没有见到她人，手机也一直是打不通的状态……妈，是我疏忽了，没照顾好她。”顾延霆抿着唇，声音很是平缓，“妈，您知不知道她心情不好的时候会去什么地方？我要去找找。”

宋母做思考状：“心情不好的时候会去哪儿，让我想一想。”

“好，妈您慢慢想，不要激动，她那么大了，能够保护自己，不会出事的。”

顾延霆沉声安慰宋母，但天知道此时他心里是怎样的翻江倒海。他害怕她出事，尤其是在这样下着大雨的夜晚，她要是过马路时不注意看路，有车朝着她撞过去该怎么办？她要是走在大街上，遇见坏人怎么办？她要是……很多种不好的想法一一从他脑中划过，而每一个都让他的恐惧与悔意加深一分。

如果，她真的有个什么万一……

DISHISIZHANG

第十四章

在她眼里，他是杀人凶手，是杀了她最爱男人的杀人凶手。

1.

“壹壹，天快亮了。”秦勤从外面推开一条缝，出声提醒她。

他终究不放心她一个人待在这里，只好在门口一直守着，眼看天快亮了，他们要是再不离开，也解释不过去了。

“嗯。”宋时壹扶着架子一点一点直起腰身，这时候的她，除却眼睛看起来有些泛红之外没有什么不对劲，情绪似乎已经平稳了很多。

“你没事吧？”可越是这样越不对劲，秦勤不由得担心地询问。

“我没事，学长，我们出去吧。”宋时壹笑着摇摇头，率先往外面走。

……

两人一前一后地回到秦勤的办公室。

一阵沉默后，秦勤先沉不住气开口："壹壹，这件事情你打算要怎么办？不去找顾医生吗？"

见宋时壹没有搭话，秦勤复而激动起来："还是你真打算凭着这点东西就将顾医生定罪？壹壹，你是顾医生带着的见习生，你和他相处的时日不算短了，你觉得他真是这样的人？你难道对他一点信任也没有？"

"学长，你知道吗？"宋时壹轻轻笑起来，"我不只是他带着的见习生，我还是他的妻子呢。"

"什么？"

不顾秦勤的惊讶，宋时壹自顾自地往下说："我嫁给他本就是为了查陆随的事情，他原来不是心胸外科的医生嘛，我想着可以通过他来查……结果呢，我却查到了他的身上，多可笑，我曾经最爱的人死在了我现在的丈夫手里，特别是……特别是……"她嗓音里带着哽咽，重重地闭上眼，"我还喜欢上了他。"

"好难受啊，为什么要是他呢？早知道我就不查了，不查了……”宋时壹揪着衣服，眼眶里不断有泪涌出，整个人看起来十分脆弱。

秦勤还没有从她是顾医生妻子的信息里回过神来，也不知要说些什么安抚她，只能沉默地看着她苦苦挣扎在痛苦的旋涡里。

“我会去找他的！学长你说得对，我不能单凭着这一点东西就认定是他，我要去当面问问他，到底是什么情况。”

“嗯。”秦勤点头。

宋时壹勉力笑着，弯下腰对秦勤深深鞠了一躬:“谢谢你，学长，真的非常谢谢你。”

2.

宋母病房里。

“城北墓园，延霆，去城北墓园找找看。”宋母突然想起来，很多年前壹壹给她打电话的时候，说过在国外交了一个男朋友，后来，就什么都问不出了。直到三年前，壹壹突然放弃学业执意回国，就总是跑去城北墓园，说是有一个好朋友葬在那里。

“好，我这就过去。”顾延霆立马要往那边赶，他来不及问宋母原因，此刻只想尽快找到她。

“等等，延霆，妈和你一起去。”

顾延霆要离开时，宋母拉住他，提出要与他一起。

“好。”顾延霆稍稍思索几秒，便答应下来，为宋母找来一件厚厚的羽绒服穿上，扶着她往外面走。

拐过最后一道山弯，就到了墓园的入口处。

停车熄火，顾延霆从车上下来，又走到后座，将宋母接出。

“走吧。”

随后，两人朝墓园那边过去，宋母走在前面，顾延霆跟在她身后轻轻搀扶着。

“延霆，”迈上墓园的第一阶台阶，宋母突然开口，“你一定很好奇为什么壹壹有可能会来这里吧？”

“这是她的过去，更是她的自由。”顾延霆虽然好奇，但也不纠结她的过去，不想干涉她的自由。

宋母闻言笑了笑，继续往下说：“她曾经有过一个很相爱的男朋友，甚至到了要结婚的地步。”

顾延霆垂在身侧的双手忽而紧了紧，突然听到宋时壹的情史，情绪还是有点起伏。

他并不是封建的男人，要求自己的妻子情感一片空白，他只要她的未来是和他息息相关就已经足够，所以，他从没有去刻意打听她的过往。

宋母一边走一边继续说："后来那孩子出了一些意外，他们也就没能走到最后。这还是我从壹壹的朋友那里打听到的，这孩子啊，什么都不跟我说，就是怕我瞎操心。"

"到了。"宋母认得陆随的墓，因为她之前不止一次地偷偷尾随宋时壹来过这里。

然而，并没有见到宋时壹的身影，空荡荡一片。

"她没过来。延霆，壹壹没来这里……那她会去哪里？她会不会出事了，她……"宋母激动起来。

"妈，您冷静一些。"顾延霆赶紧劝慰，"她可能在别的地方，您别着急，我再去找，一定会找到她的，您别担心。"

离开前，顾延霆回头看了眼墓碑，上面刻着的名字是"陆随"。这个名字，他有些模糊的印象，但是终究是想不起来在哪儿见过。

顾延霆驱车离开，一辆出租车也迎面开了过来，停在墓园门口，从车上下来的正是宋时壹。

他们正好错过。

3.

顾延霆从后视镜里看到宋母一脸焦灼却不吭声的样子，便想着说些什么来分散她的注意力，自然而然想到方才她未说完的话。

“妈，壹壹她曾经的那个男朋友是出了什么意外？”重提有些艰难，那种叫作嫉妒的情绪在他胸腔里横冲直撞，直压得他紧皱了眉头。

“医疗意外。”宋母回想着，“做一个心脏手术，之后就没有再醒过来。”

“刺！”

一个紧急刹车，轮胎与地面摩擦发出极度刺耳的声音。

“怎么了，延霆？”

“对不起妈，刚刚走神了。妈，您没受伤吧？”

“我没事。”宋母只是受了些惊吓。

“对不起。”顾延霆确认她没有受伤，才再度发动车子。

车厢里有短暂的静默。

宋母本来还想说点什么，担心又发生方才那样的事情，她噤了声，怕打扰到顾延霆开车，她看得出他是在意的。

“妈，再跟我说说壹壹的事吧。”他还是没忍住，一旦这个闸被开启就止不住地想要了解得更多。

宋母踟蹰了一会儿，还是说了：“其实也没什么，壹壹留学的那个学校纪律非常严，陆随当时也说那只是一个非常成熟的手术，所以壹壹就没有陪着他一起回来……可没料到，那孩子就那么去了。壹壹知道后非常痛苦，赶回来却连那孩子最后一面都没有见到。她消沉了很长一段时间，但是，忽然有一天，她又振作起来跑过来跟我说要学医……”

“她为什么突然要转专业？”顾延霆隐隐猜到了什么，却依然想要确定。

宋母叹了一口气：“我也想不明白，只是那时候看壹壹有点走火入魔了，也带她去看过几次心理医生，医生说她一切正常。我想在那种情况下她有什么合理的要求就满足她好了，再说她也很努力地争取到了奖学金。只是后来我偷偷翻看过她的日记，里面胡乱地记录着一些东西。”

“什么东西？”顾延霆浑身肌肉绷紧，握着方向盘的手指因为用力泛着青白。

“就是些胡言乱语，猜测陆随不是死于意外，要找出真相什么的。”宋母继续叹气，“我觉着不对劲，所以从那时候起就不敢再随便放松，时刻都关注着她，生怕这孩子做出什么傻事。好在，她正常地读完书又嫁给了你，我这也算是松了一口气……”

宋母还在细碎地说着些宋时壹小时候的事，但是顾延霆已经完全听不进去了……

宋时壹那些古怪的说辞，在这时候串连起来，他再不清楚就是傻瓜了。

难怪她会如此匆忙地嫁给他，不过就是看中他医生的身份吧！难怪她要进南雅要留在心胸外科，难怪她一次一次地试探他为什么从心胸外科转到脑外科……

是已经知道了他就是为陆随动手术的医生，并将那些罪名一一扣在了他的头上了？她到底是从哪里听来的故意杀害挖去心脏的荒谬说辞的？

不过，这都不是最重要的，最重要的是，她信了，还将听来的那些莫须有的罪名扣在了他的头上。

在她眼里，他是杀人凶手，是杀了她最爱男人的杀人凶手。

想到这儿，顾延霆感觉心脏仿若被人捏住，一阵阵抽痛感剧烈地传来，疼得他不住打战。

在她还是小女孩时他就对她一见钟情，但是三年前若不是出了意外，她早已经是别人的妻子……

顾延霆只觉得自己要疯了，他在她眼里就那样的不堪？他就那样不值得她给予一分的信任？她甚至连问都不问他半句？

清晨，大雨淋过后的公路还很寂静，没有多少行人与车辆。

一辆纯黑色的迈巴赫正以飞快的速度疾驰而过。

这车的主人，正是顾延霆，他送了宋母回医院后往顾家老宅开去。

他从来没有如此迫切地想要翻开三年前的那一幕，撕开内心的伤疤让自己直面血淋淋的过往。

三年前的事情，他虽是当事人，但那更像是一场脱离了他的大戏。要想弄清楚里面的种种细节，莫过于直接问自己父母，当年摆平一切的也正是他们。

那些骇人听闻的谣言到底是谁在传？当年在他离开后，闹事的人是谁？又抱着何种目的？

这一盆泼在他身上的脏水，昨天听医院的护士说起时他并不甚在意，但这之后牵扯出来这么多的事情，尤其还牵扯到宋时壹，他自是要查个清楚明白。纵使宋时壹已经在心里给他定了罪，他也要给自己争取一个清白。

他也终于想起来陆随是谁，那个有着温和双眸的年轻男子。在手术前还在打着电话跟人报平安，当时电话那端的人就是宋时壹吧……

对于陆随的死亡，他的确非常愧疚，手术过程是顺利的，手术也确实难度不大，但是他怎么都想不到陆随会药物过敏，明明在之前已经做过数次过敏测试……

不是他做的他肯定不会认，所以他要查清楚，将一切明明白白地摊在她面前，告诉她，他从未做过什么昧着良心的事。

4.

顾家。

对于顾延霆大清早回来，顾母是兴奋的，不过当她听见他冷着脸问三年前的事情，就有点惊讶了。

“延霆，你怎么忽然问这些？”她问。

“妈，你只要回答我，这个事到底是怎么回事？”

顾母撇撇嘴：“还不就是在你出国后有家属来医院闹事，那个阳浩你还记得吧？”

“嗯。”顾延霆怎么会不记得，阳浩是一个心脏重症患者，医院里没有医生愿意接这个手术，他也是本着医者的责任感接下，没想到阳浩会在做完手术后，再也没有醒过来。而这个阳浩，也是陆随的同房病友。

“就是阳浩的哥哥成天跑去医院闹，口口声声说阳浩就是被人谋害挖了心脏去卖……”顾母小心翼翼地打量了一下顾延霆的脸色，接着说，“这个人还逢人就污蔑你是无良医生谋财害命。这样抹黑你，我和你爸怎么忍得了，就用了一点手段，才让他安静……哎，延霆，你……你去哪里？”

顾母话刚刚说完，顾延霆铁青着脸扭头就走。

“妈，我还有事，过几天再和壹壹一道回来看您和爸。”

“那你要回来啊，别一忙起来就忘了。”顾母听到顾延霆这话，忙叮嘱。

没有回应，顾延霆已经走远。

顾延霆脑海里浮现一个人——阳浩的哥哥。

在三年前，他曾见过一面……等等，不止三年前，还有昨天，那一闪而过的侧脸让他感觉熟悉，却想不起到底是谁，刚刚经由母亲的提醒，他总算是想起。

顾延霆回到医院，直奔阳屠的病房。

病房里并没有人，阳屠的病床上也是空荡荡的。

“504 病房的病人呢？”顾延霆走到护士值班室。

护士长赶紧回：“在病房啊！”

“不好了，护士长，504 病房的病人不见了！”

顾延霆还未接话，从走廊那边传来一道慌慌张张的声音，说的正是阳屠。

“什么叫不见了？”护士长顶着来自顾延霆身上的压力，小声地问查房的小护士，“之前不是还在病房吗？怎么忽然就不见了？是不是去厕所了，或者……”

“没，我都找过了，没见到人。刚刚回来时，碰到了悦乐姐，她说大概一个多小时之前看到那个病人出了病房，往医院大门口走。但悦乐姐那时候刚刚从手术室忙完出来，一时也没多想。”查房的小护士回道。

“他难道跑出医院去了？无缘无故地，他跑出医院去做什么，他还有病呢！”

“不知道，”查房的小护士摇着头，也是一脸焦急神色，“护士长，那病人除了心脏病，不是还有点精神病，他不会……不会去自杀或者危害其他人去了吧……”

顾延霆的脸色在小护士这话落下来时沉了下去，山雨欲来的模样，只听他冰冷的嗓音响起："马上把那个病人的资料给我一份。"

护士长本还要训斥小护士两句，听到顾延霆的吩咐，赶紧去做。

很快，顾延霆就拿到了病历，这资料只有阳屠在南雅住院时的记录，往前一片空白。

没有任何犹豫，顾延霆掏出手机拨出一个电话。

电话响了三声，被那边接起。

"二哥，"顾延霆等不及那边先开口，直接道，"我有事要你帮忙。"

"说。"很轻淡的嗓音响起，落进耳中却莫名让人感到安定，仿若什么事情都脱离不了这个男人的掌控般。

DISHIWUZHANG

第十五章

你用前半生爱了我，我便用余生等着你，等着你醒过来，继续宠爱。

1.

头很沉很痛，像是被人重重打过。

宋时壹昏昏沉沉地醒来，恍惚记起早上她到墓园后不久，听到后面有脚步声，下意识地回过头去，还没来得及看清来人，头就被重重捶了一下，接着，两眼一黑昏了过去。

她努力睁眼的同时挪动身子，没办法动，她被捆住了。

脚踝和手腕处传来的冰凉触感令她猛然回神，这是哪里？

“醒了？”一睁开眼，正对上一张凑过来的放大的脸，把宋时壹吓得立刻尖叫。

“叫什么叫！”站在宋时壹面前的男人不悦地挑高眉，巴掌直接朝着宋时壹的脸招呼过去。

一巴掌打得宋时壹脸颊麻木，眼冒金星。

“是你？”宋时壹看清了面前的男人，是504病房那个癫狂的男人，“你为什么要绑我？”

男人狰狞地笑着走开：“很快你就会知道。”

宋时壹目光跟着过去，只一眼就叫她背脊发麻。在她面前不远处，有一个台子，样子有点像是手术台，台子上面摆着各种手术器具，在灯光下闪着冰冷幽凉的光芒。

像是为了验证宋时壹的猜测，男人阴恻恻地开口：“宋小姐，把你的心脏挖出来好不好？把你的心脏挖出来送给我好不好？我好可怜，我生病了需要换心脏，可没有人的心脏能和我匹配，我弟弟的不行，你男朋友的不行，让我试试你的好不好？”

男人忽而伸手捂住心口，仿若十分痛苦地哀号：“啊……我的心好痛，我的心好痛啊！我要心，我要换心，不要痛！”

下一秒，他的另外一只手去摸摆在那台子上的手术刀，而后跌跌撞撞地朝宋时壹靠过去……

2.

“三哥。”

通往城北墓园的那条山路上停着数辆车，最前面的是一辆性能极好的超跑，往后竟是部队的车，车上数位穿橄榄绿的男人个个面容肃静，站如松。

当然，也有浑身没骨头似的人，那便是倚靠在前面的超跑旁见着顾延霆就大喊三哥的男人霍靖城。这个看起来吊儿郎当的家伙，是与顾延霆从小就玩在一起，交情过硬的兄弟之一，在他们五个好兄弟里，排行老四。二哥厉自横倒是没亲自来，留在他们身后出谋划策。

“人在哪儿？”顾延霆见到霍靖城，从车上下来，直截了当地问阳屠的下落。毕竟宋时壹在阳屠的手中，而阳屠又是个精神病患者！

几十分钟前，顾延霆致电二哥厉自横要阳屠的资料和下落，不过数分钟的光景，那些信息便一一传到了他的手机上，一切也就随着水落石出。

阳屠是重度多型精神病患者，有偏执性精神病、狂躁抑郁性精神病、人格分裂症等等，而他还有明显的被害妄想症及臆想症，他始终觉得自己的心脏病需要换心，才能治愈。他从不肯接受治疗，所以医院并没有对他的精神病史有记录，再加上多次闹腾之后，家属也渐渐对他失去了耐心，除了南雅医院没有一家医院愿意收治他。这也是为什么宋时壹会在医院遇到他的原因。

三年前，他偷偷潜入医院的停尸间，挖走阳浩和陆随的心脏，却始终无法治好自己。所以他再次癫狂，把这一切罪过都推到顾延霆身上，认为是顾延霆做手术的时候故意设计让他得不到一颗完整的心脏……

确认宋时壹确实是在阳屠手上的时候，顾延霆几乎崩溃，前所未有过的恐惧感几乎将他淹没，他怕她出事，怕她已经离他而去。

倘若真是那样……顾延霆双眸里爬满蚀骨的冷意，他要将阳屠碎尸万段。

现在，只能希望那个疯子还没有来得及动手，可倘若……顾延霆不敢往下想。

好在，上天没有辜负他。

他接到来自她的电话，听到她声音的那一秒，他几乎控制不住眼泪。

那一通电话，是阳屠逼宋时壹打的，要求顾延霆过去给他动手术。

阳屠应该就是冲着他来的。

这一通电话，让顾延霆稍微松了口气，知道她还活着，就算是龙潭虎穴，他也一定毫不犹豫地闯进去。

电话里，宋时壹在哭，顾延霆心潮汹涌，他非常清楚要冷静，可向来自控力极强的他，每每遇到宋时壹就无法平静。

……

“三哥，你冷静一点。”

一旁的霍靖城感受到从顾延霆身上蔓延过来的嗜血杀意，赶紧提醒他，就怕他丧失理智，让事情变得糟糕。

霍靖城递过去一个望远镜：“看到没，那一座小木房子，嫂子就被关在那儿，等会儿你先过去，然后我们里应外合。”

3.

“嘭！”

一声巨响炸开在安静的小木屋，宋时壹抬眼看过去，就见着一个熟悉的高大身影正逆着光走进来。

“顾延霆……”那一刹，宋时壹觉得自己仿若是看到了天使，她轻轻呢喃着他的名字。

男人如心有灵犀般，朝她看过来，那一眼直看得宋时壹鼻头酸涩眼睛湿润，也有了勇气。方才满腔的恐惧害怕，在他到来的时候全部散了去。好像只要他来了，只要有他在，她就会有勇气面对一切的危险。

“顾医生，你总算是来了，我可是等了你很久很久了呢！”阳屠自然也看到顾延霆，他双眸里面涌动着疯狂的嗜血因子。

“放了她。”顾延霆将敞开的门缓缓推上，一步一步往里面走，边走边开口。他声音虽然轻缓，与阳屠激动的声音形成非常鲜明的对比，却无比强势又淡定。

“放了她？怎么可以呢，顾医生，我怎么可以放了她呢？她的心可是能救我的命的，我怎么能把我的命给放掉。”

阳屠潜意识里有着一种对顾延霆的恐惧，他强撑着一手紧揪着宋时壹的衣领，一手拿着刀在她心口比画，仿若下一秒就要将刀扎进她的心口。

“我的心给你。”

“不要！”

顾延霆声落，宋时壹就尖叫出声，她死死地盯着他狠狠摇头。

“闭嘴。”阳屠一巴掌甩在宋时壹脸上。

“阳屠！”顾延霆后牙槽狠狠一紧，“你敢再动她一下，信不信老子扒了你的皮！”

“哈哈哈，信！信！顾医生的本事我是知道的，只是，顾医生你要扒我的皮，我便先杀了她，拉着宋小姐黄泉路上做伴，我也不亏。”

顾延霆垂在身侧的手紧攥着，他狠狠闭眼压住胸腔里奔走的杀意，冷静下来：“阳屠，你让我来，不是让我看着你杀她的吧？你是想要我的命，想要我的心吧？”

“顾医生真聪明。”阳屠阴着嗓音应道，下一秒，他又声音凄凄，一副无助可怜的样子戚戚然喊道，“顾医生，我得了心脏病，我的心好痛，我需要换心，可是谁的都不可以。顾医生，你的可以吗？你的应该可以的对不对，你是医生，会救人，那你的心也能救人的……把你的心给我！我不想死，我要活着，我不想死啊！”

“顾延霆，”阳屠仿若在两个人格之间转换，疯疯癫癫、时弱时强，“现在，用那台子上摆着的刀，把你的心挖出来，挖给我，我就放了这个女人。”

“好。”

顾延霆没有任何犹豫，拿起阳屠手指着的那把刀，动作利落地脱下上身衣物，露出精壮的胸膛，然后手起刀落，锋利的刀尖便刺入他的胸口，霎时一片殷红。

“不要！”宋时壹凄惨地哭喊，拼命地挣扎，“不要这样，小叔叔。”

“别哭。”面对宋时壹，顾延霆声音很软，“听话啊，壹壹，没事的。”

“不……”宋时壹下意识伸出手去，可她离着那个男人仿若有十万八千里的距离，哪里能抓住他。

“挖啊！”阳屠见了血，情绪更是亢奋，他扭曲着表情亢奋地大声喊，“挖啊，顾医生，用力地挖啊，把心给我挖出来。就这样不动了是什么意思，是要我挖这个女人的心吗？”他手中的刀划破宋时壹的衣服，露出如雪一般的肌肤。

顾延霆一刹那急红了眼：“住手。”

那一把刺进他胸膛的刀被他再送进去了一些，他手握着刀柄轻轻旋转，似在剜胸腔深处里的那一颗心。他疼得浑身颤抖。

“不要，小叔叔，求求你不要，不要啊！”宋时壹哭得全身都在抽搐，顾延霆每旋转一下刀柄，她的心口就好似也被什么在剜着，她恨不得冲过去，手脚却被死死绑住，她什么都没法做。

“乖一点，壹壹，别哭。”男人浑身淌血，眉眼间却浮动着笑意，“壹壹，有些话，我想和你说。陆随的手术确实由我主刀，那确实是一场小到完全不应该有风险的手术，发生意外我很抱歉，只是我从未做过对不起良心的事情，也从未……”

“别说了，小叔叔你别说了，我知道，我都知道……”宋时壹哭喊着打断他，不要再说了，她不值得这个医学界的传奇来以命换命……

“壹壹，”耳畔他的声音遥遥传来，好像听到了她此刻内心所想的一般，他问，“你信我吗？”

眼里还有泪，她却忽而笑了：“信，我信你。”

是，她没有不信他，从来都没有，纵使看到主刀医生那一栏写着他名字，却还是想着要亲口问问他。一切的种种都早已表明，她的心从来都是信他的。

“那就好。”顾延霆也笑了，笑得风光月霁，笑得仿若忘记此时身处何处、正遭遇着什么。

顾延霆将刀尖送入心口的每一下都是用了力的，他没办法不对自己狠，他怕，对自己仁慈一分，阳屠就将暴力施于宋时壹身上一分，哪怕只是万分之一的可能性他也不能赌。

她对于他而言，从来是赌不起的存在……否则，这时他也不会承受着剜心之痛。霍靖城他们就在外面待命，只要他一个指令，狙击手就能将阳屠击毙。可倘若狙击手狙击目标不准，倘若阳屠命大未瞬间死透……他不敢赌，不是他亲自动手，旁人，他谁也不信。

血液沿着剖开的胸膛一点一点往外渗，很快在地上就凝了一小摊。

随着血液的流失，他的意识也在逐渐模糊。

所以，累了吗？撑不下去了吗？不，还不可以！

那边的人还没完全放松警惕，他的小姑娘的安全还没法完全保证。

抬手，又将刀狠狠地往里刺……

高大的身子轰然倒下，双膝跪地，木屋里一片尘土飞扬。

阳屠开心得越发疯狂，看他已经失去意识，迫不及待地扔开宋时壹朝他奔来……

就是……这时候了！

沾满鲜血的左手，高举。

子弹瞬间穿破空气，正入阳屠眉心，他倒下去的时候，还来不及收起那狰狞而满足的笑。

4.

大雨过后，太阳出来了，阳光透过木屋的各处缝隙洒进来，照亮了这间破旧阴冷的木屋，照在男人缓缓倒下去的身体上，世界仿若安静下来，好似一切都结束了，连同着他的生命……

不，不可以！

一个身影拼命地飞奔向自己，顾延霆努力地睁大眼，薄唇轻动："壹壹……"

"小叔叔……呜呜呜，小叔叔，你千万别有事！"被松了绑的宋时壹第一时间跑到顾延霆身边，她伸手想要抱住他，可他浑身是血，她不知道他哪里疼，她哪里都不敢触碰。

"壹壹……"

"我在，我在这里。"宋时壹赶紧回应他，见顾延霆吃力地抬起手，似要来碰她的脸，她赶紧将脸主动侧过去，"小叔叔，我在这里，你怎么样？你别吓我，别吓我好不好……"想忍住不哭，眼泪却一点不听使唤，大颗大颗地往下掉。

"我没事。"顾延霆见宋时壹这样，心疼地皱起眉头，"别哭。"手艰难地在她脸上触了触，要为她擦去眼泪。

"是，你没事，你是医生，对人体的结构没有谁比你更清楚，你刚刚下刀一定回避了致命处对不对？"

“是……”

“那你不会有事，一定不会有事的对不对？”

宋时壹努力说服自己，可眼前的一片猩红，让她嗓音沙哑，眼泪落得更凶。

她明白的，其实他刚刚每一刀都没保留力气。他怕那个男人伤害她，所以他不敢有所保留，她都明白的。

可……不要有事！

宋时壹摇着头，哭着呢喃：“不要有事，顾延霆，你答应我，你不要有事好不好……

“壹壹……你知道吗？

“很早之前，我就喜欢你了。

“见到你的第一眼。

“壹壹，我有点累了，想休息一会儿……”

顾延霆的眼睛慢慢闭上。

“不要！我不准！顾延霆我不准你睡！你话都还没有说完，你不可以睡！顾延霆，你听到没有，我不准！我不准！”宋时壹害怕得浑身颤抖，拼命地拍着顾延霆的脸颊。

“壹壹，你信不信我？”

“我……信！”

“嗯，那信我……我会醒过来，我只是休息一下，会醒过来。喜欢你很久了，还要喜欢你更久……你等着我，好不好？”

“好……”

你用前半生爱了我，我便用余生等着你，等着你醒过来，继续宠爱。

……

雨已停，风也歇了，太阳升起高挂天空，照亮绵延不绝的山头，照亮远处救护车开来的山路——

FANWAIYI

番外一

因为想你，我不愿继续沉睡。

1.

霍靖城真的是要疯了，要被他三哥逼疯了。昔日理智冷漠得跟个无情无欲的佛一样的男人，现如今是怎么了？化身为情圣了？

又不是对付什么国际恐怖分子，明明狙击手轻轻松松射一颗子弹过去，那男人就得一命呜呼，人质就能安安全全的。他偏偏不放心，说要按照绑匪说的那样，自己进去那小木屋里见面，这就算了，让他们在外面埋伏待命，没有他的指示，不能轻举妄动。好好，这也算了，可他进去后，丧心病狂地“自残”算个什么玩意儿？

当下，霍靖城就有点坐不住了，吩咐狙击手动手的话就要溢出嘴边，不过最终还是犹豫了……三哥危在旦夕，那男人看着又确实是谨慎的模样，倘若狙击手一枪下去，人真没死透，拉着他们三嫂垫背，那……他霍靖城就是有十条命，也不够赔。

眼见着三哥白刀子进红刀子出，霍靖城心提到嗓子眼，而随着他高大身子一摇晃，脱力跪下去的时候，他真等不住了，好在这时，也等来了顾延霆的指示，他立马挥手示意狙击手。

消了音的枪，听到的只有轻微的似风吹过的声音，那男人毙了命，霍靖城赶紧带着人往里面冲……

“三哥把老婆救了，自己怕是要撑不下去了。”霍靖城见着顾延霆胸口的血跟倒豆子似的往外面冒，见着三哥说不了几句话就闭上眼，呼吸越来越弱，他猛然意识到这一点，人仿若站不稳当，往后退了几步，一贯带笑的脸上无半丝笑意，一片惨白。

……

谁都以为顾延霆活不了了，那天他昏迷后不久，救护车便立刻过来了。

但只有宋时壹笃定，他只是要睡一觉，他要她等他，等他醒过来。

……

在经历近十个小时的等待后，紧闭的手术室大门打开，医生带出来的是无生命危险的话，只是，顾延霆是真的“睡了”。

医生说：“他有可能就要这样睡一辈子。”

植物人?

对所有人来说，天都要塌了。

……

2.

日子一天天过去，转眼就到了年末，要过新年了，大街上处处张灯结彩，欢声笑语，好不热闹。

宋时壹孤身一人走在热闹的人群里，耳畔是身侧来来往往的人的嬉笑声，她已经十分平静的心忽而有些波动，难受。

她停下步子，在街头愣怔了几分钟。

什么时候，他才可以醒过来？什么时候，她才不用一个人孤独地在人海里穿梭?

她也曾想过，如果他想睡，随便睡多久她都等。

但其实，偶尔，不，很多时候，几乎分分秒秒，她都在想他，想他快一点醒过来，他们在一起的时间并不短，回想起来也有很多甜蜜的瞬间。可不够，还不够！她想要和他牵着手，像这世间的每一对情侣，走过世界上的每一条大街小巷，走过变化的春夏秋冬四季，想听他在耳边说甜言蜜语，哪怕不是，只要他能出声喊喊她，就很欢喜。

可，到底什么时候，他才会醒过来？在这汹涌人潮里拥住她，不让她一个人。

心口猛然一悸，有异样的情绪浮上来，宋时壹慌忙转身往回走。

医院，顾延霆病房门口。

宋时壹是一路跑回来的。北市这几天的温度降到了零下，还下了雪，地上有些滑，她方才一不小心就摔倒了，手心擦破了皮见了红，可越是这样，她赶得越急，像冥冥之中有什么声音在召唤她……

可到了这病房门口，她又不敢推门进去，怕进去的时候得到的是噩耗……失去这样的事情，她承受不住第二次，尤其是当这个男人已经融进她的骨血，住进她心脏最深处。

她深呼吸了好几次，终于颤着手推开了眼前的门。

屋子里很静，除了躺在床上的他，并没有其他人在，犹如不久前她出去的模样。

宋时壹一口气奔到病床边，看了看一旁的仪器，没有异常。她不放心，又伸手去探男人的鼻息，心终于放松下来。

原先是靠着一股子气撑住的，此时那气散了，人就软了。宋时壹趴在顾延霆病床边，哭了又笑，像个傻子。数分钟之后，她转身进去一旁的洗浴间，打水过来，如往常一般地给顾延霆擦脸、擦手、擦身体，表情平静而安宁。

傍晚的时候，宋时壹去食堂吃饭。

回来隔着好远，就见一群穿白大褂的医生护士神色严肃地进了顾延霆的病房。

宋时壹心里"咯噔"一下，赶紧小跑过去。

难不成，中午那时的异样，预示的是此刻？是好……还是坏？

病房里不仅有医生护士、顾家父母，还有顾延城与宋母，他们全都围在病床边，黑压压地站了一圈，隐隐还有些哭声透出来。

宋时壹心顿时凉了半截，她抬手，发现自己的手在抖，她用颤抖的手拨开人群，整个人就如同入定。

顾延霆半躺着倚在床头，这段日子以来，他瘦了一些，双目微微凹陷，不丑，更显眉眼深邃。此时，他用那样温柔又而缱绻的眼神直直地看着她。

宋时壹双眸睁大，心在胸腔里微微发颤，她想要说话，张张嘴，却一个字也吐不出来。

顾延霆亦是，盯着宋时壹看了好一会儿，才缓缓道：“没事吧？”

怎么也没料到他醒来问的第一句，会是这样的话。

一股酸涩直冲头顶和鼻腔，宋时壹捂住嘴，狠狠摇头，眼泪从眼眶里肆虐而下。

两人，一个半躺着，一个站着，这样沉默对视了很久。

终于，顾延霆对着宋时壹招了招手，说：“过来。”

宋时壹哑着声答应，绕过床尾，很乖地朝男人走过去。

快到他身边的时候，他突然伸手拽住她，下一秒，她整个落在他怀里，她也顺势抱住他。

久违的温热体温，久违的熟悉心跳，宋时壹哭得更厉害了，眼泪将他的病号服浸湿，洇开一大片水渍。

“没事就好。”顾延霆感觉到了心口的濡湿，将怀里人拥得更紧，下巴搁在她柔软的发上，轻轻摩擦，声音也很轻，“宝贝，答应你的，我做到了。”

“我也是。”宋时壹仰起头，去亲男人冒出些许青色胡楂的下巴，“小叔叔，我很想你。”

顾延霆低垂下头，目光落在宋时壹眼睛上，微凉的薄唇轻轻印上去：“我也是……”拉长的尾音，犹如叹息般，“很想你。”

因为想你，我不愿继续沉睡。

余生请多宠爱

FANWAIER

番外二

喜欢到余生非他不可，喜欢到来生还想是他。

1.

顾延霆醒过来那一天还很好，不，准确来说，那一段时间都很好，但不知道是因为什么事情，忽而有一天，他就和她闹起了别扭。

宋时壹百思不得其解，这段日子以来，她对他分明是极好的，甚至到了有求必应的地步。就那一回，他说要她留宿在医院，她起先拒绝，到最后，抵不住他轻声诱哄也任由他为所欲为了……还要怎样？

抱着两个人相处总有一方要让一步的心态，她不恼他，好言好语地问，可每一次，他不是甩给她一个傲娇冷漠的背影，就是阴阳怪气的哼哼。再不然，就将她抱住狠狠地欺负了，而欺负过后，依旧不发一言故伎重施。

终于有一天，宋时壹忍无可忍爆发了："顾延霆，你对我到底是有哪里不满意？你是想要怎么样！你说出来啊！是个男人，就别一天到晚地给我摆脸色看，逼急了，我不伺候了。"

宋时壹很认真地在表达她的不满。

但男人一句话就令她气势弱了一半。他瞥她一眼，悠悠道："我是不是男人，你不是最清楚？"

如果这时手里有东西，宋时壹一准直接朝男人脸上招呼过去。

她瞪他，红着脸，装作恶狠狠的样子："你到底说不说，有什么事要这么藏着掖着？"

男人脸上戏谑揶揄的神色一下收敛起来，看起来有几分落寞。

宋时壹哪里见过顾延霆这样子，心里陡然升起一阵莫名愧疚感，莫不是之前她真有哪里对不住他，没照顾好他，让他不顺心了？

宋时壹还在想，男声传来："明天我们去个地方。"

晚上，宋时壹失眠了，而原因自然是顾延霆白天那打死不说的地方，看他的表情神秘莫测的。明天是他出院的日子，一家人都想给他庆祝，而他却执意要在这一天去别的地方……而好奇的后果就是躺在床上翻来覆去睡不着，翻来覆去睡不着呢肯定就引来了旁边那个精力旺盛的人……一夜缠绵的结果就是第二天早上起床整个人都是废的。

他伺候她穿衣洗脸，抱着她喂早餐，直到上车，她都是半梦半醒的状态。

“到哪里了？”

睁开眼，视线下意识地往车窗外扫，当看清了周围环境，她有一瞬间的愣怔。

“我们怎么来这里了？”她将视线放到顾延霆身上，疑惑地问。

男人没回答，径直下了车，又绕到她这边给她解开安全带的时候，塞了一束花到她怀里。随后，他拉着她下车，一步一步往墓园走去。

顾延霆带她来的地方是墓园，陆随长眠的地方。

2.

陆随墓前。

顾延霆将宋时壹松开，又从她怀里拿了花，放到墓碑前。

两人并肩而站。

顾延霆终于开口：“有什么要说的吗？”

宋时壹摇摇头，又点点头。

她望着面前的墓碑，缓缓地蹲下身子，手伸出，下意识地去抚那墓碑。

顾延霆看到她这动作，眉头一皱却没说什么，耐心地等着。

宋时壹开口："陆随，你过得好吗？我们……来看你了。这一次，我不是一个人来看你了。我和顾延霆，唔，也就是我的丈夫，我现在的爱人……"

"我知道现在打断你很不礼貌，可宋时壹，我还是有必要纠正一下，"顾延霆跟着蹲下来身子，黝黑双眸紧紧凝住宋时壹，模样认真严肃，"不是现在的爱人，是永远的爱人。"

宋时壹哭笑不得，却觉心头发软，且滚烫得厉害。她伸手握住身侧男人温暖宽厚的手掌，对他笑笑，再看向墓碑上永恒微笑的脸："是，他是我永远的爱人。"

她低下头，继续说道："陆随，很抱歉，没能遵守对你的约定，可是我知道你永远都希望我是快乐的，对吗？就如同我希望你过得好一般。这样说起来，是不是自私了？如果是，也请原谅我好吗？我爱他，余生都想要和他在一起……"

她的话再一次被打断，只听某人咬牙道："别想说什么下辈子补偿他，永远是什么意思？就是你的下辈子、下下辈子都是我的。"

这人，真是霸道得厉害，可，怎么办，她却真的是很喜欢，好像越来越喜欢了，喜欢到余生非他不可，喜欢到来生还想是他。

“好，都是你的。”

顾延霆对着墓碑，第一句说的是“对不起”，为当年没能救他，接下去说的却是——

“陆随，并不是很乐意来看你，如果可以，希望没有你这个人的出现，这样她的从前就不会有另外一个男人让我嫉妒。但从前不可逆，不过幸好，我还有她的以后。不过，你放心，我会好好照顾她、爱护她的。”

……

回去的路上，两人皆沉默着。

但两人一直十指紧扣，嘴角都有着浅浅的笑意，落在人眼中，是一对恩爱夫妻的模样。

走到半途，宋时壹突然往顾延霆身边一靠，两个人紧挨在一起亲密无间：“小叔叔，原来你这一段时间和我闹别扭是在意陆随啊，早说嘛！”

“并没有。”

“哦？”宋时壹狡黠一笑，“哎，说起来，和陆随在一起的时候可真是快乐呢。他对我特别好，有什么都会想到我，然后……"

"宋时壹！"

"嗯？"

"你这是公然在我面前追忆过去？"

宋时壹噎住："怎么了吗？你不是说并不那么在意吗……"

"交出手机来。"顾延霆打断宋时壹，冷着脸伸出手。

"嗯？"

"照片。"

"什么照片？"话题跳太快，她跟不上节奏。

顾延霆轻哼一声："别以为我不知道你刚才偷拍了我和陆随照片的合影，是想拿来比对吗？"

"啊？"宋时壹惊呼，"你……你怎么知道？"

顾延霆用看白痴的神情看宋时壹："交出来，今晚饶你不死。"

宋时壹甩开他手，往前跑，又回转过身子，一脸笑意："不怕你，有本事你自己来拿啊！"

顾延霆站在女人身后，望着她笑着跑开的背影，俊逸的脸上慢慢溢出满足的微笑。

余生就这样吧。

她在笑，在闹，在他怀里慢慢老去，自此两人一生皆得以圆满。

你用前半生爱了我
我便用余生等着你
等着你醒过来
继续宠爱

图书在版编目 (CIP) 数据
余生请多宠爱 / W 十一著 . -- 上海 : 上海文化出版社 , 2017.10（2020.1 重印）
ISBN 978-7-5535-0794-1
Ⅰ. ①余… Ⅱ. ① W… Ⅲ. ①长篇小说 - 中国 - 当代 Ⅳ. ① I247.5
中国版本图书馆 CIP 数据核字 (2017) 第 160751 号

责任编辑　蔡美凤　詹明瑜
特约编辑　层　楼
装帧设计　刘　艳　米　籽
封面绘制　Lxm 梅子
印务监制　周仲智
责任校对　周　萍

余生请多宠爱
W 十一　著

出　版　上海文化出版社
出　品　上海故事会文化传媒有限公司
　　　　（200020 上海市绍兴路 74 号　www.storychina.cn）
发　行　上海文艺出版社发行中心
　　　　（上海市绍兴路 50 号）
印　刷　三河市华东印刷有限公司
开　本　880×1230　1/32　印　张　9.125
版　次　2017 年 10 月第 1 版　印　次　2020 年 1 月第 2 次印刷
书　号　ISBN 978-7-5535-0794-1/I.251
定　价　39.80 元

上海故事会文化传媒有限公司　出品（00665）www.storychina.cn

本书如有印装问题，请与印刷厂联系调换。联系电话：0731-82755298